Idylle en Écosse

Barbara Cartland est une romancière anglaise dont la réputation n'est plus à faire.

Ses romans variés et passionnants mêlent avec bonheur aventures et amour.

Vous retrouverez tous les titres disponibles dans le catalogue que vous remettra gratuitement votre libraire.

Barbara Cartland

Idylle en Écosse

Traduit de l'anglais
par Élise Champon

Éditions J'ai lu

Titre original :

A HEART IN THE HIGHLANDS

NOTE DE L'AUTEUR

Mon cœur est dans les Highlands, mon cœur est
[là-bas ;
Mon cœur est dans les Highlands, il chasse le cerf ;
Il chasse le cerf, et il court le chevreuil,
Mon cœur est dans les Highlands, partout où je
[vais.

Ce poème de Robert Burns vaut pour tout Ecossais.

Comment expliquer que l'âme de l'Ecosse soit si intense qu'on la sente revivre dès qu'on passe la frontière ?

Je suis très fière que ma grand-mère paternelle, une Falkner, ait été une descendante de Robert Bruce.

Mon arrière grand-mère maternelle descendait des ducs de Hamilton. Ma mère était une Scobell, une des plus anciennes familles saxonnes existant encore, et qui vivait déjà dans le Devonshire avant la conquête normande en 1066. Mes frères et moi-même avons tous reçu « Hamilton » parmi nos prénoms de baptême.

J'ai épousé un MacCorquodale, et le premier saumon que j'ai pêché dans la Helmsdale en 1928 m'a donné une des émotions les plus fortes de ma vie.

Cette histoire se déroule dans le Sutherland, et le château que je décris est celui des ducs de Sutherland.

Le mariage par consentement mutuel demeura légal en Ecosse jusqu'en 1949. Et, à propos, Yseulta est un prénom authentiquement celtique.

1

1885

Le duc de Strathvegon vit avec soulagement s'achever le dîner. La médiocrité des mets n'avait, en effet, guère fait honneur au faste de la salle à manger que le défunt roi George IV avait voulue immense, couverte de dorures et de tableaux, somptueuse. Digne de la couronne, en somme.

Le duc refusait autant que possible, c'est-à-dire jusqu'aux limites imposées par l'étiquette, les invitations dont l'inondait le Prince de Galles et qui promettaient, le plus souvent, une soirée assommante.

Courtoise et charmante, comme toujours, la princesse Alexandra se leva et conduisit les dames au salon dans un froufrou de robes et un scintillement de bijoux.

Le duc remarqua que la comtesse de Wallington était d'une pâleur extrême. C'était, sans conteste, la plus belle femme de Londres. Une parure de diamants et de saphirs étincelait sur la blancheur translucide de sa peau, et ses yeux bleus brillaient comme des étoiles.

Quand elle passa devant lui, elle lui adressa un

bref regard dans lequel il discerna une expression qu'il ne put déchiffrer, mais qui l'inquiéta. Visiblement, quelque chose la tourmentait.

Il s'interrogeait encore lorsque le Prince de Galles lui fit signe de venir prendre place en tête de table à côté de lui. C'était le moment réservé aux messieurs. Les alcools et les cigares agrémentaient les discussions plus libres qu'en présence des dames.

Le duc eut toutes les peines du monde à s'intéresser à la conversation de Son Altesse Royale. Pour tout dire, il avait l'esprit distrait par le souvenir de la nuit enflammée qu'il avait passée dans les bras d'Hermione Wallington. Au petit matin, il était rentré chez lui à pied, et, en chemin, il s'était fait la réflexion que cette liaison était l'une des plus exquises qu'il eût jamais entretenue.

Puis, le Prince de Galles se mit à parler chevaux, ce qui provoqua un regroupement autour de lui, et le duc oublia complètement la comtesse. Il osa même quelques commentaires assez spirituels qui firent rire Son Altesse Royale aux éclats.

Lorsque le sujet fut épuisé, ils rejoignirent les dames au salon. Certaines montraient déjà des signes de nervosité à la perspective de voir la soirée s'étirer ainsi, si bien que dès que le prince et la princesse de Galles eurent quitté la pièce après avoir souhaité le bonsoir à leur invité d'honneur, il se produisit un brouhaha général dans l'assistance : chacun prenait congé.

En tant que dame d'honneur de la princesse Alexandra, Hermione Wallington était tenue de partir dans le sillage du couple princier. Elle fit donc la révérence avec une grâce que le duc admira, puis elle vint lui tendre la main. Le duc la prit et sentit quelque chose dans sa paume. Il referma vivement les doigts dessus.

— Bonne nuit, Votre Grâce, murmura Hermione d'un ton conventionnel.

Après avoir salué plusieurs autres personnes, elle se dirigea vers la porte et sortit.

Le duc dut attendre le départ des invités avant de pouvoir jeter un coup d'œil sur ce que la comtesse lui avait remis. Faisant mine d'aller vérifier à la fenêtre s'il pleuvait, il sortit discrètement de sa poche le petit morceau de papier sur lequel était inscrit d'une écriture minuscule :

« Viens tout de suite chez moi. Je suis désespérée ! »

Surpris, le duc s'apprêtait à examiner le message de plus près quand une voix au timbre grave s'éleva à côté de lui.

— Alors, monsieur le duc, vous regardez s'il pleut ? Vous craignez peut-être que le terrain ne soit trop mou pour demain ?

Il fallut un effort au duc pour se rappeler qu'un de ses chevaux courait à Epsom.

— En vérité, monsieur le Premier ministre, je me disais justement que je n'aimerais guère devoir suivre la course sous une pluie battante.

— Comme je vous comprends ! répondit le Premier ministre en souriant. Mais, croyez-moi, je suis sûr qu'il va faire un temps superbe.

En d'autres circonstances, le duc eût été enchanté de parler à Mr. Gladstone. Depuis la mort du général Gordon à Khartoum au début de l'année, la reine n'arrivait pas à dissimuler ses désaccords avec son ministre ni sa perte de confiance en lui. Le duc en était désolé. Dans les cafés-concerts, les chansonniers n'appelaient plus le Premier ministre que « l'assassin de Gordon » et sa popularité était au plus bas. D'habitude, le duc faisait toujours un détour pour venir en aide à un homme à terre, or il était certain que les jours de Mr. Gladstone étaient comptés. Mais, pour l'instant, rien n'avait d'importance que l'appel au secours d'Hermione.

Les serviteurs en perruque poudrée hélèrent sa voiture où, une fois installé, il examina de nouveau le message. A la lueur vacillante des lanternes, il déchiffra l'écriture d'Hermione avec difficulté.

Que s'était-il passé ? La nuit dernière, ils étaient convenus de ne pas se rencontrer aujourd'hui, mais de se retrouver pour dîner le lendemain soir. En principe, le comte de Wallington n'était pas encore rentré de Paris où le Premier ministre l'avait mandaté en mission spéciale.

— Je vais compter les heures qui me séparent de toi, avait roucoulé Hermione de sa voix chaude. Soyons prudents, ce serait trop clair si nous quittions ensemble le palais de Buckingham et que personne ne nous revoie ce soir-là, tu ne crois pas ?

— Oui, tu as raison, répondit le duc. Eh bien, j'irai faire un tour au White's. Ce club est fréquenté par une jolie brochette de bavards qui se feront une joie de témoigner de mon passage.

Hermione se blottit contre lui :

— Et moi, j'irai faire une apparition à la réception donnée à la Maison du Devonshire. Mon Dieu, soupira-t-elle, que le temps va me paraître long ! Mais nous devons prendre toutes les précautions, George est tellement jaloux !

Le duc déposa un baiser sur ses lèvres en songeant qu'il était bien naturel que le duc fût jaloux. Hermione Wallington avait conquis Londres dès ses débuts dans le monde. Même les membres des clubs de Saint James's street, qui avaient pourtant la réputation d'être impitoyables, ne tarissaient pas d'éloges sur sa beauté. Tout le monde s'attendait à ce qu'elle fît un brillant mariage dès sa première saison, et ce fut ce qui se produisit.

Le premier à se déclarer fut un marquis quelque peu décrépit qui voulait se remarier pour avoir l'héritier que sa première épouse n'avait pas réussi à lui donner.

Puis, ce fut le comte de Wallington, un homme riche, distingué, d'une vingtaine d'années plus âgé qu'Hermione. Elle eut le coup de foudre.

Il l'épousa une semaine avant la fin de la saison, ce qui procura aux parents de la jeune fille une satisfaction extrême et bien légitime. Elle accomplit son devoir en lui donnant rapidement un fils et une fille puis elle quitta sa retraite campagnarde et surgit sur la scène londonienne comme une étoile dont la lumière fit pâlir celle des autres.

A cette époque, le comte occupait un poste important au ministère des Affaires étrangères. Il était très pris par ses missions diplomatiques et voyageait souvent sur le Continent où son épouse n'avait pas toujours la possibilité de l'accompagner. La comtesse, d'ailleurs, ne détestait pas être courtisée par les hommes qui, en l'absence de son mari, défilaient dans la maison de Berkeley Square.

Quand Hermione prit son premier amant, elle avait tellement peur d'être découverte que cela ne fut pas une expérience très agréable. Les deux suivants furent de plaisants interludes, mais lorsqu'elle rencontra le duc, elle devint follement éprise de lui.

Cela n'avait rien de surprenant. Il appartenait à la haute aristocratie qui peuplait les salons de la société la plus brillante et la plus fermée d'Europe. Son sang écossais lui donnait un je-ne-sais-quoi qui tranchait sur les autres hommes. Il tenait sans doute sa chevelure blonde, sa haute taille et sa vigueur d'un ancêtre viking qui avait débarqué sur les côtes de l'Ecosse des siècles plus tôt. Lorsqu'il portait son costume de Highlander, aucune femme ne pouvait empêcher son cœur de battre plus vite.

Pour la première fois de sa vie, Hermione fut amoureuse.

Devenir comtesse avant de fêter ses dix-huit ans l'avait rendue très heureuse et elle aimait sincèrement son mari, bien que parfois elle en eût un peu peur. Mais elle n'avait eu aucune idée des feux de la sensualité et de la passion avant de rencontrer le duc. Il l'éveilla à une féminité qu'elle ne soupçonnait pas.

Elle lui donna tout, son corps, son cœur, et ce qu'elle pensait être son âme.

Hermione n'était pas très brillante ; de plus, comme c'était l'usage à l'époque dans les familles aristocratiques, on avait confié son éducation à une gouvernante sans grande expérience. C'était une femme entre deux âges, presque inculte, et qui n'avait pas la moindre idée sur la façon d'enseigner le peu qu'elle savait aux enfants dont elle avait la charge.

Les frères d'Hermione partirent faire leurs études à Eton, tandis qu'elle se morfondait à lire quelques pauvres et tristes livres d'histoire, quand elle ne devait pas ânonner sans fin les tables de multiplication. Elle ne retira de ces heures passées à recopier de longs extraits de ce que sa gouvernante considérait comme des classiques, qu'un ennui tellement profond qu'il lui donna au moins une idée de l'infini.

Mais le duc, il est vrai, n'avait cure ni de l'intelligence ni de l'esprit d'Hermione. Elle avait un corps sublime, et il suffisait de la regarder pour comprendre que sa beauté enchanteresse faisait pâlir d'envie toutes les femmes. L'amour l'avait transforméc ; d'un bouton de rose à peine éclos, elle était devenue une fleur épanouie et superbe.

Il savait aussi que les femmes sont peu discrètes et impulsives, et il l'avait avertie très sérieusement d'être prudente dès qu'il s'agissait de son mari.

— Montre-lui que tu l'aimes, avait-il insisté, et pour l'amour du ciel, écoute ce qu'il te dit.

— C'est difficile quand je pense à toi.

— Je le sais. Mais s'il se doute de quelque chose, il nous empêchera de nous voir, c'est son droit.

Elle se jeta dans ses bras avec un cri d'effroi.

— Oh, Kenyon, je ne veux pas te perdre ! Je ne le supporterais pas. Je t'aime, je t'aime tant ! Si on m'empêchait de te revoir... j'en mourrais !

Elle s'était exprimée avec fougue, le duc comprit le danger.

— Ecoute-moi bien, ma colombe, dit-il. Tu dois être raisonnable et me promettre encore une fois que tu ne te confieras à personne.

Il savait comme il est difficile à une femme amoureuse de ne pas tout raconter au moins à sa plus proche amie, ce qui avait pour conséquence inévitable que tout Londres était au courant de l'affaire en moins de vingt-quatre heures.

— J'ai tenu ma promesse, lui assura Hermione. Je n'ai pas ouvert la bouche, la seule personne à savoir que nous nous voyons est Jane, ma femme de chambre.

Le duc savait que, sans complice, une liaison n'était pas vraiment une liaison et on lui avait certifié à maintes reprises que Jane vénérait sa maîtresse et qu'elle ne la trahirait jamais.

Tandis que sa voiture s'engageait sur le Mall, dépassait le palais Saint James et remontait Saint James's street, le duc se demandait avec inquiétude ce qui avait pu se passer. A la hauteur du White's Club, il se dit que c'était une erreur de ne pas y entrer, comme ils l'avaient prévu. Dans la journée, il avait prévenu ses amis qu'il viendrait faire une partie de cartes dès qu'il aurait pu s'éclipser du palais.

La voiture déboucha sur Berkeley Square et s'arrêta devant l'hôtel particulier des Wallington. Le duc descendit et lança à son cocher :

— Je rentrerai à pied !

Comme il s'y attendait, il n'eut pas le temps de poser la main sur le heurtoir d'argent que la porte s'ouvrit. Il pénétra dans le hall où il ne vit que Jane, la femme de chambre. Selon tout apparence, on avait envoyé le valet de garde se coucher. Tout comme la veille, le duc se dirigea vers l'escalier.

— Madame est dans le salon du matin, Votre Grâce, chuchota Jane.

Le duc répondit d'un signe de tête sans poser de questions. Il s'éloigna de l'escalier, traversa le hall et pénétra dans le salon qui se trouvait tout au bout. C'était une jolie pièce dont les fenêtres ouvraient sur un petit jardin à l'arrière de la maison, mais c'était la première fois qu'Hermione l'y recevait. D'habitude, elle l'attendait dans son boudoir, vêtue d'un négligé diaphane qui révélait plus qu'il ne couvrait ses charmes.

Quand il entra dans la pièce, il constata qu'elle portait la robe de brocart qu'elle avait à Buckingham, mais qu'elle avait ôté sa parure de saphirs et de diamants.

Dès qu'elle le vit, elle poussa un cri étouffé et se leva vivement du sofa.

Le duc referma la porte et s'avança vers elle.

— Eh bien, que se passe-t-il ?

A peine eut-il le temps de prononcer ces mots qu'Hermione se jeta contre lui, bouleversée, et enfouit son visage contre sa poitrine.

Il l'enlaça d'un geste rassurant.

— Allons, mon ange, qu'est-ce qui t'inquiète ? Qu'est-ce qui ne va pas ?

— Oh, Kenyon... Kenyon, comment te dire ça ?

Il la sentait trembler contre lui. Il la serra plus fort et posa ses lèvres dans ses cheveux dont émanait un parfum délicat.

— Jamais je ne le supporterai... Oh, Kenyon, que vais-je devenir ?

Le duc la ramena doucement vers le sofa où il s'assit près d'elle en l'attirant contre lui.

— Voyons, ma douce, cesse de pleurer et dis-moi exactement ce qui se passe. Ensuite, nous prendrons une décision.

— J'ai eu tellement peur que tu ne puisses pas venir tout de suite !

— Mais je suis là ! Allons, maintenant parle, dis-moi ce que je dois savoir.

Hermione releva la tête. La lumière des chandeliers fit briller les larmes qui ruisselaient sur ses joues. Le duc la trouva encore plus adorable qu'à la soirée au palais de Buckingham.

— George a tout découvert ! hoqueta-t-elle enfin.

C'était bien ce que le duc avait craint, mais cela lui fit tout de même un choc.

— Comment l'a-t-il appris ? Il est rentré ?

— Non, non, il n'est pas encore rentré, mais dès son retour il te tuera !

Le duc la regarda longuement.

— Allons ! Cela me paraît peu probable.

— Mais si, je t'assure ! insista Hermione. Il veut te provoquer en duel, et il est bien décidé à te tuer !

— Je suis sûr que tu exagères, répliqua le duc d'un ton sec. Et d'ailleurs, explique-moi d'où tu tiens cette information ?

Il avait sorti un mouchoir de sa poche et tamponnait doucement les joues d'Hermione pour essuyer ses larmes.

— Qu'allons-nous faire ? Seigneur, comment arranger cela ?

— D'abord, réponds à ma question, dit le duc avec calme. Comment sais-tu que ton mari est au courant de notre liaison ?

— C'est Dawkins, le valet de George. C'est le bon ami de Jane. Il lui a écrit de Paris que George nous surveille depuis un moment et qu'il avait reçu un rapport avec des papiers urgents que lui envoyait par courrier spécial le ministère des Affaires étrangères.

Le duc serra les lèvres puis demanda :

— Quelqu'un te surveillait et tu ne t'en es pas aperçue ?

— Comment aurais-je pu le deviner ? Oh,

16

Kenyon, je ne veux pas que tu meures ! Jamais je ne pourrai vivre sans toi !

Elle jeta ses bras autour du cou de son amant et rapprocha ses lèvres des siennes. Il l'embrassa, mais son esprit était ailleurs. Il réfléchissait à ce qu'elle venait de lui dire. Il se redressa.

— Répète-moi exactement les mots qu'a utilisés le valet.

— Il a écrit, commença Hermione d'une voix étranglée, que George était furieux et qu'il avait juré de te tuer ! Il te provoquera en duel dès qu'il sera rentré à Londres.

— Quand revient-il ? demanda le duc, convaincu maintenant qu'il se trouvait dans une situation délicate.

— Pas avant vendredi. Il a une réunion importante demain et un dîner auquel il est obligé de participer.

Le duc songea que cela leur donnait un peu de temps. Comme il restait silencieux, Hermione s'écria :

— Pense au scandale que cela va faire. Imagine la colère de la reine qui a interdit les duels !

— Cela n'a pas empêché qu'ils continuent, remarqua le duc.

— Si jamais George te tue, il faudra que je le suive à l'étranger pendant au moins trois ou quatre ans. Oh, Kenyon, jamais je ne le supporterai ! Comment pourrais-je tout abandonner ?

Son regard se posa sans qu'elle y pense sur la miniature qu'elle portait à l'épaule et que la princesse Alexandra remettait à toutes ses dames d'honneur.

Le duc se leva du sofa et alla s'adosser au manteau de la cheminée dont l'âtre était garni de fleurs.

— Ma chère Hermione, nous allons devoir nous montrer très intelligents dans cette affaire, déclara-t-il.

— Intelligents ? Que veux-tu dire ? Sitôt rentré à Londres, George va te provoquer en duel, comment comptes-tu refuser sans passer pour un lâche ?

Le duc resta silencieux.

— On me tiendra pour responsable de ta mort et personne ne m'adressera plus jamais la parole ! gémit Hermione.

Elle éclata en sanglots et le duc dut retourner s'asseoir près d'elle. Elle se blottit contre lui et il passa son bras autour de ses épaules pour la réconforter. Il attendit qu'elle soit un peu apaisée pour lui dire :

— Ecoute-moi, ma douce, la chose la plus importante maintenant, c'est que tu nies tout.

— Que je nie ? hoqueta Hermione. Mais George ne me croira jamais ! Tu sais combien il est jaloux. Avant de partir, il avait même menacé de laisser une de ses parentes ici, auprès de moi ! Tu comprends ? Il voulait que quelqu'un m'espionne et lui raconte tout ce que je fais, qui je vois...

Le duc pensa qu'il aurait peut-être été plus simple de manœuvrer avec une parente plutôt qu'avec un espion non identifié, mais il lui parut préférable de s'abstenir de tout commentaire. Sa propre stupidité l'exaspérait. Comment n'avait-il pas pensé à cette évidence qu'un homme aussi jaloux que le comte allait faire surveiller sa femme ? George Wallington avait un sale caractère, tout le monde le savait. Même ses amis disaient de lui qu'il fallait se méfier de ses emportements, la moindre étincelle risquait de les déclencher.

Il pensait qu'à la réflexion, le comte ne le tuerait pas comme il avait menacé de le faire, mais qu'il ne se priverait pas de le blesser sérieusement car il était excellent tireur. Outre l'inconvénient physique qui en résulterait pour lui-même, le scandale se répandrait dans tout Mayfair. La beauté d'Hermione lui avait fait un grand nombre d'ennemis dans la bonne société, c'était inévitable. Ces douces âmes ne seraient que trop heureuses de la faire choir du piédestal où elle triomphait grâce à sa beauté, à la fortune de son mari et à sa place de dame d'honneur auprès de la princesse Alexandra.

Le duc, dans les moments où il fallait prendre des décisions rapides, réfléchissait à la vitesse de l'éclair. Pour l'heure, il cherchait le moyen d'éviter une double catastrophe : voir ternie la réputation de sa maîtresse et devoir se battre en duel, ce que la reine avait interdit.

Il attira Hermione plus près de lui.

— Ecoute, mon cœur, tu vas faire exactement ce que je te dis, c'est très important.

— Comment veux-tu que je t'écoute alors que je n'ai qu'une envie, c'est de pleurer ?

— Justement, commence déjà par cesser de pleurer.

— Je ne peux pas m'en empêcher.

— Tu dois y arriver, insista le duc, parce qu'il va falloir que tu joues ton rôle de façon convaincante.

— Quel rôle ? demanda-t-elle en levant vers lui un regard pathétique.

Le duc fut ému par son air de fillette sans défense et il lui répondit d'une voix tendre :

— Nous sommes dans une situation pour le moins délicate, mais nous allons nous en sortir.

— Comment ?

— D'abord, tu dois affirmer que tu ne sais rien de ces accusations, tu m'entends ? Rien ! Quand ton mari rentrera, tu joueras l'étonnement le plus total, tu seras complètement bouleversée qu'il ait pu croire une chose aussi monstrueuse alors qu'il sait bien que tu l'aimes.

— Mais je ne l'aime pas ! murmura Hermione. C'est toi que j'aime !

Les larmes ruisselèrent de nouveau sur son visage.

— Moi aussi, je t'aime ! déclara le duc. Mais réfléchis, je ne te servirai plus à grand-chose si je suis mort, tu ne veux tout de même pas abandonner la partie et te retrouver enterrée au fin fond de la campagne où personne ne viendra te voir ?

Hermione l'écoutait, immobile, mais dès qu'il eut prononcé ces mots, elle s'écria :

— Attends, j'ai oublié de te dire ! Je n'irai pas m'enterrer à la campagne, George veut divorcer !

Le duc se raidit.

— Comment le sais-tu ?

— C'est ce que Dawkins a écrit à la fin de sa lettre. Je n'osais pas te le dire. Si tu es... tué, et si je suis divorcée, que vais-je devenir ?

Le duc eut soudain l'impression d'être enfermé dans un labyrinthe et de ne pas trouver la sortie. Il se raisonna : qu'Hermione panique, c'était une chose, mais lui-même devait garder la tête froide.

Prise de sanglots convulsifs, Hermione s'était réfugiée contre son épaule. Il la serra plus fort tandis qu'en esprit, il explorait activement les murs de la prison qui se refermait sur lui.

Avec calme, il recommença ses explications :

— Bon, nous devons trouver une solution

coûte que coûte. Il faut — j'insiste, Hermione —, il faut que tu fasses exactement ce que je te dis.

Elle releva le front.

— J'essaierai, affirma-t-elle d'une petite voix.

— Bravo, voilà ce que je veux t'entendre dire, et je te demande aussi d'être très courageuse.

Et comme s'il s'adressait à une enfant, il répéta mot pour mot ce qu'il lui avait déjà expliqué. Il fallait qu'elle affirme son innocence et, surtout, qu'elle paraisse heureuse et sereine. Personne ne devait soupçonner qu'elle était affolée.

— Je ne sais pas si j'y parviendrai, dit Hermione. Je vis tellement dans la terreur du retour de George.

— Tu dois jouer la comédie avec autant de talent que si tu te trouvais sur la scène du Shakespeare Theatre, devant un public attentif et exigeant. Demain matin, j'irai monter à cheval à Hyde Park et comme par hasard nous nous rencontrerons. Je te dirai alors la suite de mon plan.

— A cheval au Park ? répéta Hermione d'une façon que le duc trouva un peu sotte. Mais pourquoi ?

— Tout simplement pour que les gens n'aillent pas s'imaginer que tu es le moins du monde inquiète, pour leur faire croire que notre rencontre fortuite nous est agréable et c'est tout !

— Je... je ne comprends pas.

— La pire chose que tu pourrais faire, c'est de rester cloîtrée chez toi à pleurer. Si quelqu'un s'en aperçoit, un de tes domestiques par exemple, il sera facile à ton mari de l'apprendre, et pour lui ce sera une preuve supplémentaire de ton infidélité.

Hermione poussa un petit cri apeuré.

— En outre, poursuivit le duc, je suis sûr de trouver un moyen d'échapper à un duel.

— Quel moyen ? demanda Hermione, désemparée.

— Eh bien, je pourrais par exemple partir à l'étranger.

— Tout le monde comprendra que nous sommes coupables, surtout que tes chevaux doivent participer à toutes les courses cette saison.

Le duc pensa que c'était la première chose intelligente qu'elle disait.

— Je suis sûr qu'il existe un moyen de sortir de ce piège, reprit-il. J'ai seulement besoin d'un peu de temps. Pour le moment, je t'en prie, ma colombe, fais exactement ce que je t'ai dit, joue le rôle d'une jeune épouse rayonnante de beauté et de bonheur.

— Mais je ne suis pas heureuse ! protesta Hermione. Je suis désespérée, je me sens misérable !

Le duc comprit que les mots n'arrangeraient rien. Il préféra embrasser et caresser la jeune femme pour calmer ses larmes, du moins pour l'instant.

Semblant s'apercevoir soudain qu'il se faisait tard, il se leva et dit :

— Maintenant, je vais m'en aller. Souviens-toi, demain matin nous nous rencontrerons au Park, nous échangerons quelques mots anodins sur le dîner d'aujourd'hui au palais de Buckingham, tout cela avec le sourire et rien de plus.

— Oh, Kenyon, je suis sûre que je vais m'effondrer en larmes !

— Ce serait le meilleur moyen de tout gâcher ! Aie confiance en moi et, si tu m'aimes, fais rigoureusement ce que je t'ai dit.

Il se pencha et arrêta ses protestations d'un baiser.

— Kenyon, je t'en supplie, reste avec moi.

— Non, pas ce soir. Ce serait dangereux, et je pense que nous serions déçus. Je te sens trop nerveuse.

— Peut-être, mais je t'aime !

Il l'embrassa et se détourna pour gagner la porte. Elle s'accrocha à sa veste.

— A demain, dix heures, sur l'allée centrale, murmura-t-il. Fais-toi belle, je veux te voir plus belle que jamais.

Il sortit du salon avant qu'elle n'ait pu réagir. Dans le hall, Jane attendait dans le fauteuil réservé habituellement au valet de garde la nuit. Il lui glissa quelques souverains d'or dans la main quand elle lui ouvrit la porte.

— Veillez sur votre maîtresse, et merci de nous avoir avertis.

— Faites bien attention à vous, Vot' Grâce, dit Jane. Notre maître a rudement mauvais caractère quand il est en colère !

Le duc ne répondit pas. Il sortit précipitamment de la maison avec l'espoir que l'espion n'était plus à son poste. Il descendit Hill Street à grands pas, et tourna dans South Street pour rejoindre Park Lane.

Strathvegon House était un vaste hôtel particulier que son grand-père avait fait construire un demi-siècle plus tôt. Les peintures qui ornaient les murs étaient dans la famille depuis des générations mais elles étaient loin d'avoir la qualité de celles de la collection royale. Toutefois, lorsqu'il pénétra dans le hall, le duc fut apaisé par la présence de ses ancêtres.

Il tendit sa cape et son chapeau au valet de garde et, sans un mot, gravit l'escalier.

Il ressentait un désir urgent de parler à sa mère. Elle avait quitté l'Ecosse où elle vivait pour passer quelques semaines avec lui à l'occasion des cérémonies qui se déroulaient à la Cour en cette période de l'année et auxquelles elle aimait assister.

Il était presque minuit, mais le duc était sûr de trouver sa mère plongée dans un livre. C'était son habitude. Il lui arrivait de veiller ainsi jusqu'aux premières heures de l'aube.

Il se dirigea vers la chambre qu'elle avait occupée depuis son mariage, lorsque son mari et elle venaient séjourner à Londres. Il frappa à la porte.

— Entrez ! répondit la voix de sa mère.

Adossée à ses oreillers, la duchesse le regarda entrer. Elle était toujours très belle, malgré son âge. Dans sa jeunesse, sa beauté avait fait chavirer plus d'un cœur. Mais contrairement à Hermione Wallington, elle n'était pas seulement belle, elle était aussi intelligente et cultivée.

Elle avait eu trois frères aînés et elle avait partagé l'enseignement que leur donnait leurs précepteurs. Elle avait eu la passion d'apprendre. Ses frères ne manquaient pas de la taquiner à ce propos, et lui disaient que si elle continuait sur cette voie, sa science allait effrayer tous ses prétendants et qu'elle resterait vieille fille.

Sa beauté lui avait évité ce destin. Un mois après avoir fêté ses dix-huit ans, elle avait épousé le duc de Strathvegon.

Ce fut un mariage très heureux. Le seul nuage, c'est qu'après avoir donné le jour à un héritier mâle, la duchesse ne put avoir d'autre enfant.

Comment, dès lors, n'aurait-elle pas trop gâté son fils unique ?

Il y avait de l'admiration sur son visage quand elle le regarda approcher de son lit.

— Comme tu rentres tôt ! s'exclama-t-elle.

Le duc ne répondit pas mais se pencha pour déposer un baiser sur sa joue, puis il s'assit sur le bord du lit. Elle lui tendit la main qu'il saisit dans les siennes.

— Maman, j'ai de gros ennuis ! déclara-t-il sans ambages.

— Des ennuis ? Que se passe-t-il ?

Le duc resta silencieux. Au bout d'un moment, la duchesse l'interrogea :

— Il s'agit d'Hermione Wallington, n'est-ce pas ?

— Pourquoi dites-vous cela ?

— Parce que, mon chéri, vous n'avez pas été très discrets ! On vous a vus partout ensemble, alors naturellement, les gens jasent. Qu'espérais-tu d'autre ?

— J'avais l'illusion que nous avions été relativement discrets !

La duchesse haussa le sourcil.

— Allons donc, tu sais aussi bien que moi qu'il faut peu de chose pour que les commérages aillent bon train ! Ils naissent aussi bien dans les clubs que dans les boudoirs, quand ce n'est pas à l'office !

— Si je comprends bien, votre femme de chambre vous a mise au courant ?

La vieille Janet était au service de la duchesse depuis des années et elle était pour sa maîtresse une source intarissable d'informations.

— La manière dont je l'ai appris n'a aucune

importance, déclara la duchesse. Raconte-moi plutôt tes ennuis.

Le duc respira profondément.

— Eh bien, voilà. George Wallington nous a fait surveiller, il veut me tuer en duel et divorcer d'avec Hermione !

La duchesse étouffa un cri et ses doigts se crispèrent sur ceux de son fils.

— Il faut à tout prix empêcher cela, dit-elle. Nous devons agir vite ! Quand rentre-t-il de Paris ?

— Vendredi.

Le duc songea que c'était bien le style de sa mère de poser d'abord les questions importantes au lieu de se répandre en lamentations inutiles.

— Vendredi... répéta la duchesse, pensive. Et il arrivera dans l'après-midi...

— Oui, je crois.

— Alors nous avons le temps de partir pour l'Ecosse dans ton train privé juste avant le déjeuner.

Le duc ne cacha pas son étonnement.

— Partir pour l'Ecosse ? Mais pourquoi ?

— Parce que, mon très cher Kenyon, dès que nous serons au château, tu choisiras la jeune fille que tu vas épouser et nous annoncerons tes fiançailles !

Le duc regarda sa mère comme s'il pensait qu'elle avait perdu la raison.

— Que dites-vous ? Je n'ose pas comprendre !

La duchesse soupira.

— Chéri, cela fait des années maintenant que je te supplie de te marier et d'avoir un fils. Après tout, tu le dois à ta famille, et en particulier, tu le dois au clan !

— Mère, déclara le duc d'un ton sec, j'ai déjà

entendu cela des milliers de fois ! Il y a sûrement...

— Ne sois pas stupide, le coupa la duchesse. Pour commencer, si nous sommes en Ecosse, George Wallington ne peut plus te provoquer en duel. Ensuite, si tu annonces tes fiançailles, il lui sera difficile de déclarer que tu es l'amant de sa femme et d'entamer une procédure de divorce !

Elle remarqua le regard médusé que son fils posait sur elle, et elle continua, imperturbable :

— Les procédures de divorce qui doivent passer par la Chambre des lords prennent un temps fou. Il faut des mois, que dis-je, des années, pour les faire aboutir !

— Oui, je sais, je sais, mais...

— Il n'y a pas de mais, le coupa encore la duchesse. Jamais George Wallington ne se donnera le ridicule d'exhumer le passé d'un homme au moment même où celui-ci se marie avec la bénédiction et les félicitations de ses amis.

Après un silence, le duc avança un argument qui lui paraissait imparable :

— Je comprends bien votre idée, ma chère maman, mais vous n'oubliez qu'une chose, un homme ne peut se marier que s'il a une fiancée !

— J'y ai songé, figure-toi, répliqua la duchesse. J'ai tout dernièrement remarqué trois jeunes filles qui, j'en suis sûre, ont toutes les qualités pour faire une bonne épouse, et qui s'estimeraient comblées de devenir duchesse de Strathvegon.

— Mère, vous allez me mettre hors de moi !

— Je sais très bien que cela te fait un choc, convint la duchesse, mais étant donné les circonstances, que veux-tu faire d'autre ?

— Et pourquoi ne pas m'enfuir ? objecta le duc.

— Ce serait reculer pour mieux sauter, mon fils. La fuite n'est jamais une bonne solution.

Le duc discerna une lueur de malice dans les yeux de sa mère, et il se mit à rire malgré lui.

— C'est bon, mère, vous avez gagné ! Vous me tourmentez depuis des années avec ce mariage, j'aurais dû me douter que vous ne laisseriez pas passer l'occasion quand elle se présenterait !

— Mon cher petit, tu n'as pas le choix, je pense que tu en es conscient. Bien sûr, j'aimerais mieux que tu épouses quelqu'un que tu aimes.

Il y avait une pointe de mélancolie dans le ton de la duchesse, ce qui n'échappa pas à son fils. Cependant, il lança avec sécheresse :

— Si je ne peux pas épouser la femme que j'aime, quelle importance ? Choisissez donc vous-même, et si la demoiselle plaît au clan, ce sera bien suffisant !

Comme s'il ne supportait pas l'idée d'entendre un mot de plus, il se leva et quitta la chambre en refermant doucement la porte derrière lui.

La duchesse resta immobile, soucieuse. Les larmes perlèrent à ses paupières.

— Mon pauvre chéri, murmura-t-elle, il n'y a vraiment pas d'autre moyen.

2

Le duc de Charnwood leva les yeux de l'enveloppe qu'il tenait en main et regarda sa femme, assise en face de lui à la table du petit déjeuner.

— Ma chère, dit-il, on vient de nous apporter une lettre d'Elizabeth Strathvegon ! Une lettre avec la mention « URGENT », figurez-vous !

— Ah, oui ? Et que dit-elle ? demanda la duchesse d'un ton distrait.

Elle avait l'esprit occupé par le succès que sa fille Beryl avait remporté la veille au soir au bal de la Maison du Devonshire. Il faudrait lui commander plusieurs autres robes si elle acceptait toutes les invitations qu'elle ne manquerait pas de recevoir.

Le duc lisait la lettre en silence quand soudain, il s'exclama :

— Voilà ! Maintenant je comprends la raison de cette lettre ! Wallington a découvert le pot aux roses et Strathvegon cherche à se couvrir.

— De quoi parlez-vous donc, mon cher ? s'enquit la duchesse.

Le duc lut encore quelques lignes avant de répondre :

— Elizabeth Strathvegon invite Beryl à venir en Ecosse pour assister à un bal qu'elle donne au début de la semaine prochaine.

— En Ecosse ? s'étonna la duchesse. Au beau milieu de la saison ? Je n'ai jamais entendu une chose pareille !

— Allons, ne faites pas la bête ! Le jeune Strathvegon a été trop loin cette fois, et Elizabeth veut s'assurer qu'elle pourra annoncer ses fiançailles à ce bal.

Sa femme le regarda avec des yeux ronds.

— Je ne sais toujours pas de quoi vous parlez, dit-elle. Si ce jeune homme trop gâté a jamais aimé quelqu'un à part lui-même, c'est Hermione Wallington qui, soit dit entre nous, se conduit de façon éhontée pendant que son mari est à Paris.

— Mais oui, tout le monde le sait, répliqua le duc. Cela dit, si vous voulez que Beryl porte une couronne de duchesse, il faut qu'elle fasse ses bagages et qu'elle prenne le train privé qui, dit Elizabeth Strathvegon... (il reprit la lettre pour vérifier) part de la gare de King's Cross demain à midi.

Lady Beryl Wood, qui était assise à côté de son père, poussa un petit cri et le regarda d'un air effrayé. Occupée à manger ses œufs au bacon, elle n'avait guère prêté attention à la discussion.

— Oh, papa ! Voulez-vous dire que le duc a l'intention de demander ma main ?

— Cela me semble on ne peut plus clair. La duchesse a senti venir l'orage et je parierais mille livres contre un bouton de culotte que les fiançailles de Strathvegon seront annoncées dans la *Gazette* dès la semaine prochaine.

— Mais pas avec moi ! s'exclama Beryl.

— Et pourquoi pas ? demanda le duc. Strathvegon s'est peut-être offert une vie de bâton de chaise, certes, mais il possède des milliers d'hectares de terres en Ecosse et ses chevaux de course ont remporté plusieurs prix cette année.

Horrifiée par la façon dont son père décidait de son avenir, lady Beryl protesta avec vigueur :

— Mais papa, rappelez-vous que vous m'avez promis que je me fiancerais à l'automne avec Roland, si son projet d'élevage de bétail et de pur-sang a abouti.

— J'ai dit que j'examinerais la question, admit noblement le duc. Mais tout de même, Strathvegon, c'est autre chose qu'un petit baronnet ruiné !

— Vous êtes injuste ! s'enflamma lady Beryl. Roland n'est pas ruiné. Il a seulement quelques difficultés en ce moment à cause des droits qu'il a à payer pour la succession de son père. En outre, combien de fois vous ai-je entendu répéter que sa famille est l'une des plus vieilles d'Angleterre ? Personne ne peut prétendre qu'il n'est pas de sang bleu !

— Quoi qu'il en soit, reprit le duc d'un ton ferme, on ne peut pas le comparer avec Strathvegon.

— Mais papa, je l'aime ! J'aime Roland et je n'ai aucune envie d'épouser le duc, ni qui que ce soit d'autre.

Lady Beryl reposa bruyamment ses couverts sur son assiette.

— Je n'épouserai jamais personne d'autre que Roland ! clama-t-elle. C'est cruel, c'est très cruel, papa, de revenir sur votre parole !

Elle éclata en sanglots et sortit précipitamment en claquant la porte derrière elle.

La duchesse avait suivi la scène d'un air consterné.

— Enfin, William, dit-elle, je ne vois aucune raison de mettre Beryl dans cet état. Etant donné la façon dont il s'est conduit avec Hermione Wallington, je n'imagine pas qu'il envisage d'épouser quiconque.

Le duc avait eu plus d'une fois des doutes sur l'intelligence de sa femme, et il songea qu'il devrait lui expliquer la situation à l'aide de mots de moins de deux syllabes. Strathvegon était un parti qu'il fallait saisir au vol, qui en douterait ? Bien qu'il apprécie les qualités du jeune homme dont sa fille s'était éprise, il avait été fort déçu qu'avec sa beauté exceptionnelle, elle n'ait pas, comme il le disait lui-même, « pêché un plus gros poisson ». Si elle devenait duchesse de Strathvegon, elle serait nommée dame de la Chambre de la reine bien plus tôt qu'il ne l'avait espéré.

— Ma chère, commença-t-il, je vais vous expliquer calmement les tenants et aboutissants de cette histoire. Ensuite, vous devrez veiller à ce que les bagages de Beryl soient faits à temps pour que demain, elle puisse accompagner la duchesse en Ecosse.

— Mais William...

La duchesse se tut. Elle avait compris à l'expression de son mari qu'il était inutile de discuter. Il ne l'écouterait pas.

A peu près au même moment, le comte de Fernhurst ouvrait un pli que la duchesse de Strathvegon avait fait porter chez lui par un coursier. Sur la table du petit déjeuner trônait une pile de lettres qui, soupçonnait le comte, contenait surtout des factures. La simple pensée de son découvert à la banque lui donna des sueurs froides.

La curiosité le poussa toutefois à lire d'abord la lettre de la duchesse. Il poussa une exclamation joyeuse.

— Mary ! lança-t-il à sa femme. Grand Dieu, devinez un peu !

La comtesse qui servait du café à ses deux filles arrêta son geste. Deborah, qui avait dix-huit ans et faisait son entrée dans le monde, et Maisie, de deux ans plus jeune, se tournèrent vers leur père.

— Que je devine quoi, mon cher ?

— La duchesse de Strathvegon invite notre Deborah dans le château familial en Ecosse, figurez-vous ! Elle doit prendre le train privé du duc qui part vendredi midi de King's Cross !

— Oh, papa ! s'exclama Deborah, une jolie blonde aux yeux bleus. Un train privé ! Je n'ai jamais voyagé dans un train privé !

— Eh bien, tu vas le faire ! déclara son père. Et si tu joues bien ta partie, il sera à toi !

Deborah éclata de rire comme si son père avait dit quelque chose de désopilant.

— Comment ça ? Vous croyez que le duc va m'en faire cadeau ?

— Oui, comme de tout ce qu'il possède, s'il t'épouse.

— S'il m'épouse ? Papa, vous plaisantez ?

— Que dites-vous là, Henry ? intervint la comtesse. J'ai toutes les raisons de penser que Kenyon Strathvegon se soucie bien peu de Deborah à l'heure qu'il est, susurra-t-elle avec un regard entendu à l'adresse de son mari.

— Je sais tout cela aussi bien que vous, mais si Wallington devient méchant, ce qui ne surprendrait personne, alors Strathvegon devra bien faire quelque chose. A moins qu'il ne veuille créer le plus gros scandale depuis que Melbourne a été cité en justice pour adultère, évidemment !

— Suggérez-vous, demanda la comtesse qui avait l'esprit vif, qu'il a l'intention de se marier ?

— Si vous voulez mon avis, c'est sa seule voie pour s'en sortir, parce que George Wallington en colère, je n'aimerais pas le rencontrer la nuit au coin d'un bois !

Le comtesse le regarda, perplexe.

— Je pense que vous savez ce que vous dites, déclara-t-elle. Mais hier, j'ai pris le thé avec Amy, et elle prétendait que... (Elle s'interrompit, gênée de continuer devant ses filles.) Je vous raconterai cela plus tard...

Le comte relut la lettre de la duchesse.

— Ma foi, fit-il, j'espérais bien que Deborah se
caserait avec un mari aux poches garnies, mais
Strathvegon, cela dépasse tout ce que j'avais imaginé !

— Je trouve le duc très séduisant, mais il ne
m'a jamais invitée à danser, intervint Deborah.

— Eh bien, maintenant, il t'invite à danser
dans son château, alors de quoi te plains-tu ?
Ecoute-moi bien, ma fille. Si tu laisses passer
cette chance, nous n'aurons plus qu'à aller tous
nous enterrer au fin fond de la campagne.

Deborah poussa un petit cri horrifié.

— Mais la saison vient juste de commencer,
objecta la comtesse.

— Je le sais parfaitement, dit le comte. Mais
il faudra bien payer ces maudites factures d'une
façon ou d'une autre, non ? Et qui pourrait
mieux le faire que Strathvegon ?

— Je trouve le duc tellement beau ! gloussa
Deborah.

— Et moi aussi, renchérit Maisie. Je l'ai vu
l'autre jour traverser le Park à cheval, je n'ai
jamais vu un cavalier aussi sublime !

— Tiens, dit la comtesse, cela me rappelle justement qu'un des chevaux de notre attelage s'est
mis à boiter.

Le comte se leva de table, la lettre à la main.

— La duchesse attend une réponse. Je vais lui
écrire que nous acceptons son invitation et que
Deborah sera à la gare à midi. Ma chère, si votre
fille nous revient fiancée, vous pourrez vous
offrir un nouvel attelage. Sinon, il faudra que
nous vendions tout !

Quand il fut sorti, la comtesse se tourna vers
sa fille aînée et la contempla d'un air satisfait.

— Eh bien, ma chérie, nous n'avons plus qu'à nous occuper de choisir ce que tu vas emporter en Ecosse. Il fait certainement plus froid qu'ici.

Le marquis de Derroncorde entra dans la pièce du petit déjeuner en tenue de cavalier. Depuis qu'il était à Londres, il sortait à cheval tous les matins.

Une des jeunes filles assises autour de la table se leva dès qu'il apparut et se dirigea vivement vers la desserte où étaient disposés les plats.

Il n'y avait pas de domestiques présents. Cependant, aux autres repas, le marquis qui appréciait les cérémonials, se faisait servir par un maître d'hôtel et deux valets.

— Que voulez-vous ce matin, oncle Lionel ? demanda Yseulta. Des œufs ? Du haddock ?

Elle avait une voix douce et mélodieuse, mais son regard exprimait une légère inquiétude, comme toujours lorsqu'elle s'adressait à son oncle.

— Haddock ! répondit sèchement celui-ci.

Dès qu'il fut assis à table, sa femme lui versa une tasse de café et la confia à sa fille Sarah qui la posa devant son père.

— Il y a une lettre pour vous, Lionel, dit la marquise. On l'a apportée il y a un quart d'heure environ. Si j'ai bien compris, le messager attend la réponse.

— De qui est-ce ?

— Je ne l'ai pas ouverte, vous pensez bien. Mais Johnson croit que le valet porte la livrée des Strathvegon.

— Strathvegon ? s'étrangla le marquis. Que peut bien me vouloir ce freluquet ?

— Allons, Lionel, soupira la marquise. Ne soyez pas si hargneux. Son cheval a battu le vôtre la semaine dernière à Newmarket, c'est vrai. Mais seulement d'une toute petite encolure. Et puis, c'est un fait que le jockey du duc était meilleur que le vôtre.

— Je ne suis pas d'accord ! s'emporta le marquis. Je n'aurais pas engagé *Red Rufus* dans cette course si j'avais su que Strathvegon faisait courir *Crusader* ! Il l'a inscrit à la dernière minute, et si vous voulez mon avis, ce sont de méchantes manigances qui devraient attirer l'attention du Jockey-Club !

La marquise poussa un nouveau soupir.

— Lionel, nous avons parlé de cela mille fois, déjà. Je ne crois pas une seconde que le duc ait voulu agir de façon indigne.

— C'est votre opinion, permettez-moi de garder la mienne ! riposta le marquis d'un ton acerbe.

Ce n'était pas la première fois que le duc « le coiffait au poteau » alors qu'il était sûr de remporter la victoire. Il acceptait mal qu'un cheval des écuries de Strathvegon fût meilleur que le sien qui partait favori.

Sa nièce Yseulta déposa une assiette remplie de haddock devant lui. Et comme s'il fallait trouver quelqu'un sur qui passer sa hargne, il lui jeta :

— Qu'est-ce que c'est que cette platée ? Je déteste qu'on me serve à manger comme si j'étais un chien affamé !

Yseulta reprit l'assiette précipitamment.

— Je suis désolée, oncle Lionel, mais comme hier, vous trouviez que je ne vous avais pas assez servi...

— Ne discutez pas avec moi, je vous prie !

rugit le marquis. Reprenez ça et enlevez-en au moins la moitié !

Yseulta s'exécuta, consciente qu'il ne la quittait pas des yeux.

Elle était petite, menue et ravissante. Il était étrange que son oncle se montre aussi féroce avec elle. On ne pouvait guère se tromper, pourtant, sur l'expression de mépris qu'il avait dans le regard quand elle revint poser l'assiette devant lui.

— Après le petit déjeuner, dit-il pendant qu'elle reprenait place à table, j'aurai quelques lettres à vous dicter. J'espère qu'elles seront mieux écrites que celles d'hier !

Yseulta pencha le front sans répondre. Le ton de son oncle lui avait coupé l'appétit. Elle dut faire un effort pour continuer de manger.

C'était le seul repas de la journée qu'elle prenait avec son oncle et sa tante et elle redoutait ce moment. Chaque matin, elle savait qu'à peine assis, son oncle trouverait quelque remontrance à lui adresser. Ensuite, il lui demanderait des travaux de secrétariat, prétextes constants à l'humilier. Par bonheur, maintenant qu'ils étaient à Londres ils recevaient régulièrement au déjeuner et au dîner et elle n'avait plus affaire à lui jusqu'au lendemain.

Le petit déjeuner, se disait-elle, était le début de son purgatoire quotidien. Elle avait beau trouver cela stupide, elle ne franchissait jamais la porte de cette pièce sans se mettre à trembler.

De nouveau, le marquis vrilla son regard sur elle.

— J'ai vu au moins trois fautes dans les lettres que vous avez écrites hier...

— Lionel, le coupa la marquise, le valet attend. Vous devriez lire cette lettre.

— C'est tout de même un comble que je ne puisse pas prendre mon petit déjeuner tranquillement ! fulmina le marquis.

Il saisit l'enveloppe et l'ouvrit à l'aide d'un couteau. Il en tira une feuille de papier gravé aux armoiries des Strathvegon. Il prit le temps de boire une gorgée de café puis se mit à lire avec application. Plus il lisait, plus sa figure devenait cramoisie, si bien que la marquise finit par s'inquiéter.

— Que se passe-t-il, Lionel ? Qui vous écrit ?

— C'est Elizabeth Strathvegon, figurez-vous ! Et sacredieu, c'est une insulte ou je ne m'y connais pas !

— Lionel, vous ne devriez pas parler de cette façon devant des jeunes filles ! Voyons, quelle insulte ? Que dit-elle exactement ?

— Eh bien, votre amie, déclara-t-il en appuyant sur ce dernier mot, invite Sarah à partir demain avec elle en Ecosse pour sauver la face de son fils. Il s'est mis dans une position inconfortable dont j'espère bien qu'il ne pourra pas sortir !

— De quoi parlez-vous donc ? Et pourquoi Elizabeth invite-t-elle Sarah en Ecosse en pleine saison mondaine ?

— J'ai peine à imaginer que la duchesse me pense assez sot pour croire ce tissu d'idioties ! rétorqua le marquis avec colère.

— Enfin Lionel, reprit sa femme d'un ton patient, je vous prie de m'expliquer ce que tout cela signifie. Je n'y comprends goutte.

— Mais moi, je comprends très bien. Strathvegon s'est conduit comme un imbécile, tout le monde le sait. Il a séduit Hermione Wallington, et dans les clubs personne ne se gêne pour cancaner sur son compte et parler d'elle sans aucun respect comme si elle était une quelconque gourgandine !

La marquise fit un geste pour l'empêcher de continuer.

— Voyons, Lionel, devant les filles ! Elles ne savent même pas que de telles femmes existent !

— Elles ont pourtant des yeux pour voir, non ? A moins d'être aveugle, c'est difficile de ne pas voir ces créatures déambuler à Hyde Park comme si elles étaient des déesses et pas des racoleuses.

La marquise soupira. Inutile de faire des reproches à son mari quand il était dans cet état de rage, elle le savait. Cependant, lady Sarah, qui ne paraissait pas choquée le moins du monde, demanda :

— Papa, vous avez bien dit que la duchesse m'invitait à aller en Ecosse ? J'adorerais voir le château de Strathvegon, je suis sûre qu'il est magnifique !

— Elle te demande de venir en Ecosse pour que tu te fiances à son vaurien de fils, et que tu le sauves de la juste colère du comte de Wallington qui se trouve être mon ami !

Et avant que Sarah ait eu le temps de répondre, le marquis frappa du poing sur la table avec une telle vigueur que les tasses tintèrent sur les soucoupes.

— Jamais je ne permettrai à ma fille d'épouser Strathvegon ! assena-t-il. Et je considère comme une insulte qu'on ait osé me le demander.

— Personne n'a encore rien demandé, Lionel, fit remarquer la duchesse. Elle est seulement invitée en Ecosse.

— Et d'après vous, riposta le marquis d'un ton

agressif, pourquoi la duchesse l'invite-t-elle sinon pour sauver la peau de son fils ? Elle fera tout pour qu'il se range avec n'importe quelle fille assez bête pour croire qu'il l'épouse pour ses beaux yeux.

De nouveau, il frappa du poing sur la table, puis il ajouta :

— J'aimerais mieux voir ma fille morte plutôt que mariée à ce scélérat !

— Allons, Lionel, calmez-vous, l'enjoignit la marquise. De toute façon, Sarah ne peut partir en Ecosse demain, nous avons un dîner, vous le savez très bien.

Comme son mari ne disait rien, elle ajouta :

— Et ensuite, la duchesse de Bedford donne un bal samedi et nous avons promis de déjeuner dimanche à l'ambassade d'Espagne. (Devant le silence persistant du marquis, elle continua :) De plus, nous avons pris toutes sortes d'autres engagements qu'il sera impossible d'annuler au dernier moment.

— Il est hors de question que Sarah parte, de toute façon, rétorqua le marquis. Et je continue de penser que c'est une insulte impardonnable de la part de Strathvegon de me croire aveugle au point de ne pas voir ses manœuvres.

— Inutile de poursuivre cette discussion, dit la marquise avec calme, la chose est décidée. Ecrivez simplement à la duchesse que vous refusez son invitation, ou chargez Yseulta de le faire pour vous !

— Oui, c'est ça ! acquiesça le marquis. Yseulta n'a qu'à s'en charger ! Ce ne sera ni fait ni à faire, peu importe après tout !

C'était injuste, mais Yseulta avait l'habitude du mépris de son oncle. Rien de ce qu'elle faisait ne lui convenait jamais. Elle se leva et tendit la main pour qu'il lui remette la lettre.

Un rayon de soleil qui filtrait par la fenêtre vint jouer dans ses cheveux blonds et éclaira son fin visage. Ses yeux clairs comme une source de montagne étincelèrent. La beauté d'Yseulta aurait ému le plus implacable des juges. Le marquis, lui, fronça un peu plus les sourcils et accentua la dureté de son regard. La robe noire et sévère que portait la jeune fille ne faisait que rehausser la minceur de sa silhouette et la grâce de ses mouvements.

Le marquis posa les yeux sur la main longue et fine qu'elle lui tendait et qu'on aurait dit peinte par Van Dyck. Cette vision ne fit qu'attiser sa colère.

— Tenez, la voici ! jeta-t-il. Et tâchez de ne pas écrire comme une fille de cuisine !

Yseulta allait saisir la lettre quand le marquis s'exclama soudain :

— Attendez un peu... j'ai une idée ! Et par ma barbe, elle est excellente !

— Eh bien mon cher, quelle est donc votre idée ? s'enquit la marquise.

Le marquis hésita, puis il dit à Yseulta :

— Allez trouver le porteur et dites-lui que le marquis de Derroncorde a reçu l'invitation de Sa Grâce et qu'il se fait une joie de l'accepter.

Les trois femmes le regardèrent, stupéfaites. Avant que la marquise ait put dire un mot, il reprit :

— Qu'attendez-vous, Yseulta ? Allez-y ! Ne perdez pas de temps !

— Très bien, oncle Lionel, dit Yseulta et elle sortit.

Comme si la suite de la conversation ne l'intéressait pas, lady Sarah qui avait presque terminé son déjeuner à l'arrivée de son père, suivit sa cousine. Dès que la porte se fut refermée sur elle, la marquise demanda :

— Maintenant, Lionel, expliquez-moi ce que tout cela signifie, Sarah n'ira pas en Ecosse, c'est impossible, vous le savez !

— Je ne l'ai pas oublié, rassurez-vous. Non, Sarah n'ira pas en Ecosse, pas plus que je ne la laisserais mettre le bout d'un orteil dans une maison qui appartient au duc de Strathvegon !

La marquise le regardait, perplexe.

— Alors, fit-elle, pourquoi avez vous accepté l'invitation ?

— J'ai accepté verbalement l'invitation de la duchesse, mais Sarah ne sera pas à King's Cross demain midi. C'est Yseulta qui y sera !

La marquise écarquilla les yeux.

— Yseulta ? répéta-t-elle. Voyons, mon cher, il est impossible qu'Yseulta se rende en Ecosse. Vous-même avez toujours affirmé qu'elle ne devrait jamais paraître dans le monde ni rencontrer aucun de vos amis !

— Strathvegon n'est pas mon ami ! corrigea le marquis. C'est un homme que je n'aime pas et dont je me méfie. Pourtant, je le crois assez intelligent pour comprendre que je lui retourne son insulte, et avec intérêts, encore !

— En lui envoyant Yseulta ?

— Bien sûr ! Ce n'est pas un imbécile. Quand il verra la fiancée que je juge lui convenir, il saisira parfaitement mon message. D'ailleurs, je vais le lui mettre par écrit !

— Lionel ! Vous ne pouvez pas faire une chose pareille ! protesta la marquise. Que vont penser les gens ?

— Les gens ? répéta le marquis avec un mauvais rire. Eh bien, les gens penseront tout bonnement que j'ai remis Strathvegon à sa place, ce qui est d'ailleurs mon intention.

— Mais comment Yseulta pourra-t-elle assister à un bal ? Vous avez toujours refusé, entre autres, qu'elle ait une garde-robe convenable. C'est tout juste si elle ne porte pas des loques !

— Qui prétend qu'elle ira au bal ? Elle va simplement se présenter au départ du train avec, au cas où le duc serait trop bête pour comprendre tout de suite mes insinuations, une lettre dans laquelle j'expliquerai qu'il n'y a personne d'autre dans ma maison que j'estime assez peu pour l'envoyer avec lui en Ecosse !

— Vous ne pensez pas que c'est plutôt cruel pour Yseulta ?

— Mais non ! Yseulta n'aura rien à faire que de se présenter comme la remplaçante de Sarah. Quand Strathvegon aura lu ma lettre, il la renverra immédiatement ici.

Il se tut pour réfléchir à une nouvelle idée.

— Néanmoins, reprit-il, Yseulta emportera une valise avec ce qu'elle possède. Cela rendra la situation encore plus pénible au duc et à la duchesse.

Le marquis ne put retenir un sourire malveillant.

— J'aimerais bien être là pour voir leur réaction quand ils liront ma lettre. Ils vont être obligés de renvoyer Yseulta avec toutes ses affaires, comme si elle était une pestiférée. Ce qu'elle est, d'ailleurs !

— Oh, Lionel ! Ce n'est tout de même pas la faute de cette enfant si son père s'est conduit de cette façon scandaleuse !

— La Bible dit : « Les péchés des pères retomberont sur les enfants... » et tant que cela dépendra de moi, Yseulta paiera pour les péchés de son père, jusqu'à ce que je sois mort et enterré !

La marquise savait qu'il n'y avait rien à dire pour le faire changer d'avis. Elle avait déjà entendu cette tirade des milliers de fois. Avec un soupir, elle se leva de table.

— J'espère que vous savez ce que vous faites, dit-elle. J'aime beaucoup Elizabeth et je n'ai aucune envie d'être mêlée à vos querelles avec son fils.

— Vous savez très bien ce que je pense de lui, et je vous l'ai assez répété, je ne veux pas le voir dans cette maison !

— Je n'ai pas la moindre intention de l'y inviter. Il ne manque pas de jeunes gens convenables parmi lesquels Sarah peut choisir un mari. Je n'ai aucune raison de vous imposer un gendre avec lequel chaque repas transformerait la salle à manger en champ de bataille !

— Je ne voudrais pas de Strathvegon pour gendre, même s'il était roi d'Angleterre ! rugit le marquis. Je suis sûr que George Wallington se rend compte de ce qui se passe et j'espère bien qu'il va transformer ce coquin en écumoire ! Les hommes mariés pourront enfin avoir un peu de paix !

La marquise ne tenta même pas de discuter. Elle quitta la pièce et laissa le marquis finir ce qu'il avait dans son assiette et se resservir tout seul le haddock qu'il avait fait enlever quelques instants plus tôt.

Quand il se rassit, le marquis réfléchit à ce qu'il ferait écrire dans la lettre qu'il confierait à Yseulta. Le duc, qu'il haïssait, devait apprendre ce que les vrais gentlemen pensaient de lui.

Après avoir transmis le message de son oncle au valet, Yseulta se rendit dans le bureau où le marquis ne tarderait pas à la rejoindre dès qu'il aurait terminé son petit déjeuner. Elle se préparait à subir une heure de véritable torture. Il crierait, la réprimanderait et, si jamais il entrait dans l'une de ses abominables colères, il se pourrait même qu'il la frappe. La nuit, le corps et le cœur endoloris, elle resterait allongée dans le noir et se demanderait encore une fois si elle aurait le courage de se tuer, comme son père l'avait fait.

— Oh, papa, je n'ai plus la force de supporter ça, dirait-elle comme si son père pouvait l'entendre. Où es-tu ? Où est maman ? Venez me chercher, ne me laissez pas toute seule !

Puis les larmes gonfleraient ses paupières, et elle finirait par s'endormir, à bout de sanglots.

Comment n'aurait-elle pas en mémoire, à chaque minute de la journée, le bonheur qu'elle avait connu auprès de ses parents ? Ils habitaient une petite maison dans le Worcestershire. Ils n'étaient pas très riches parce que lord John n'avait, en tant que cadet du marquis, qu'une modeste rente et sa mère ne possédait rien car elle venait d'une famille pauvre. Lord John avait épousé Iona par amour et ils étaient merveilleusement heureux. Il n'éprouvait aucune jalousie envers son frère aîné, Lionel, qui avait hérité du titre, des domaines et des biens qui les accompagnaient. C'était la coutume, il avait toujours su qu'il en serait ainsi.

La naissance d'Yseulta donna une joie immense à ses parents. Ils adoraient leur fille et vécurent ensemble des années de bonheur parfait.

Ce n'est qu'en grandissant qu'Yseulta comprit que, par son mariage, son père avait gravement offensé sa famille.

Avant qu'il ne rencontre celle qui deviendrait sa femme, il y avait eu une héritière, de bonne souche anglaise, qui n'avait pas caché ses sentiments pour lord John. La famille se frottait déjà les mains avec satisfaction. C'était la Providence qui l'envoyait, n'est-ce pas ? Quelle chance pour John, ce beau jeune homme de vingt-trois ans, d'être aimé d'une femme riche ! Et bien née, de surcroît ! Elle était prête à se contenter d'un titre plus que modeste, alors qu'elle aurait pu prétendre à beaucoup, beaucoup mieux. John était béni des dieux !

C'est pourquoi la famille fut désagréablement surprise quand John rentra d'une partie de chasse à la grouse en Ecosse, avec une fiancée qui n'avait pas un sou, aucune ambition sociale ni mondaine, bien qu'elle appartînt à un clan qui s'était rendu fameux dans l'histoire des Highlands par son courage et ses exploits guerriers.

Dès lors, lord John fut inscrit sur la liste noire de la famille. On lui prédit que « tout cela finirait mal pour lui ». Et c'est précisément ce qui se produisit.

Durant les premières années de leur union, lord John et Iona vécurent un bonheur sans nuage dans leur jolie maisonnette du Worcestershire.

John était un excellent cavalier et un dresseur de chevaux né ; il savait aussi en tirer un bon prix une fois qu'il les avait dressés, ce qui lui permit d'offrir une vie plus aisée que prévu à sa famille. Un couple de domestiques s'occupait de la maison et du jardin.

En automne, Iona et John et, plus tard, leur fille, Yseulta, allaient chasser. L'été, ils partaient pique-niquer dans les bois, ou canoter sur l'Avon, et riaient sans cesse de tout et de rien.

Yseulta était un prénom celtique que ses parents avaient choisi pour honorer les ancêtres maternels de leur fille. A quinze ans, lorsque sa mère mourut, Yseulta était devenue une ravissante jeune fille. Mais elle était trop jeune pour épauler son père qui ne surmontait pas la douleur d'avoir perdu sa femme. Il l'avait aimée au point qu'elle était devenue une partie de lui-même. Sans elle, il se sentait complètement perdu. Il partit pour Londres pour essayer d'oublier, et ce fut un désastre.

A l'époque de sa jeunesse et pendant la courte période où il avait servi comme officier dans le régiment de Grenadiers, il s'était fait de nombreux amis et c'est auprès d'eux qu'il s'efforça de reprendre goût à la vie. Mais ils étaient tous très riches, et à vouloir les suivre dans leurs divertissements, il se retrouva rapidement sans le sou et ses dettes s'accumulèrent.

Cependant, un bref moment, la chance tourna. Il avait acheté deux chevaux de course qui se révélèrent excellents. L'un d'eux, *Saint Vincent*, lui fit même gagner plusieurs courses, mais l'argent que lui rapportèrent les prix représentèrent à peine une goutte d'eau dans l'océan de ses dettes.

Puis un jour, la veille d'une course importante à Epsom où *Saint Vincent* était inscrit, ses créanciers vinrent chez lui et lui laissèrent un choix qui se résumait à payer ou bien aller en prison.

— Yseulta, que vais-je faire ? demanda-t-il, désespéré.

— Je ne sais pas, papa, répondit-elle. Même si *Saint Vincent* gagnait, le montant du prix ne suffirait pas à rembourser le quart de ce que tu dois !

— Je sais, je sais...

— En plus, *Saint Vincent* sera sûrement le favori, et sa cote sera tellement basse que même s'il arrive premier, cela ne rapportera pas grand-chose.

Par amour pour son père, elle l'avait souvent suivi sur les champs de courses et elle avait appris beaucoup de choses. Elle savait par exemple qu'il s'était fait une règle de ne jamais miser sur ses propres chevaux. Mais par malheur, sa réflexion avait donné une idée à lord John.

Le second cheval qu'il avait acquis en même temps que *Saint Vincent* s'appelait *Nuage Noir*. Ils étaient frères, nés de la même jument et du même étalon et ils étaient presque semblables excepté une étoile blanche que *Saint Vincent* portait sur le front.

Dans cette course, quelques-uns des propriétaires assez vigoureux et assez jeunes pour le faire, montaient leur propre cheval. Lord John avait donc annoncé qu'il monterait lui-même *Saint Vincent*. Puis au dernier moment, il annonça qu'il le remplaçait par *Nuage Noir*.

Personne ne douta d'avoir vu *Nuage Noir* présenté au paddock. Pourtant, aveuglé par le désespoir, lord John avait tout risqué y compris son honneur sur un coup de dés : il avait peint une étoile blanche sur le front de *Nuage Noir* et maquillé celle de *Saint Vincent* de façon que personne ne détecte la supercherie.

Jusqu'à mi-parcours, la course ne présenta pas grand intérêt. Puis, à la stupeur des spectateurs, un outsider sur lequel personne n'avait osé miser remonta le peloton et se détacha irrésistiblement. Quand *Nuage Noir* franchit la ligne avec deux longueurs d'avance, une rumeur d'étonnement courut dans le public.

Le sourire aux lèvres, lord John ramena son cheval à la pesée. Tout le monde le congratula et lui exprima sa surprise de la performance accomplie par ce cheval presque inconnu, et ce fut à ce moment là qu'une élégante qu'il avait croisée quelquefois à Londres s'exclama avec humeur :

— Oh, John ! Regardez ce que votre cheval a fait à mes gants ! Ils étaient tout neufs !

Elle lui tendit un long gant blanc en cuir fin, et tout le monde put y voir d'étranges taches brunes.

Ce fut l'effervescence générale. Soudain, on s'aperçut que lord John avait disparu sans que personne ne l'ait vu partir.

Ce soir-là, on le découvrit dans son logement de Half Moon Street, mort. Il s'était tiré une balle dans la tête.

Yseulta se retrouva orpheline, sans le sou, seule et désespérée dans la maison du Worcestershire où son oncle vint la chercher.

— Votre père a déshonoré le nom de la famille, lui dit-il. La pensée que mon frère était un escroc et un tricheur me fait honte et me répugne ! Mais vous n'avez plus l'âge d'entrer dans un orphelinat et je me vois donc dans l'obligation de vous prendre chez moi. (Son ton monta d'un cran et il rugit :) Sachez que votre présence sous mon toit m'est odieuse ! Mon frère m'a trahi, vous paierez pour sa trahison !

Il avait ramené Yseulta dans la demeure ancestrale, dans le Berkshire. On l'y traita comme un bouc émissaire, il ne s'écoulait pas une heure sans qu'on fasse peser sur ses épaules le poids de la faute de son père. Elle était l'esclave de sa cousine Sarah, et son oncle lui faisait faire des travaux d'écriture. Il avait un secrétaire mais, afin d'humilier sa nièce, il l'obligeait à faire une partie de son courrier, ou à recopier des registres assommants.

Il refusait de lui acheter le moindre vêtement. Elle n'avait à se mettre que les robes noires qui dataient de la mort de sa mère. Il fallait qu'un habit soit usé jusqu'à la trame pour que sa tante ose le remplacer. Mais toujours de couleur noire, pour que son oncle ne s'aperçoive de rien.

Elle se déplaçait dans la maison comme un fantôme et restait dans sa chambre si quelqu'un venait en visite. Elle aurait pu aussi bien être morte.

Elle se disait parfois qu'elle serait devenue folle s'il n'y avait pas eu la bibliothèque. C'était une pièce immense, et jamais le marquis ne soupçonna la quantité de livres qu'elle avait empruntés pour lire en cachette avant de s'endormir. Sinon, il lui aurait interdit de continuer, évidemment.

Les domestiques la méprisaient. C'était naturel : les domestiques méprisent toujours ceux qui subissent la colère de leur maître.

Il y avait bientôt deux ans qu'elle supportait cette vie. A dix-huit ans, alors que Sarah faisait ses débuts dans le monde et allait au bal tous les soirs, Yseulta n'attendait plus rien de l'avenir, que tristesse et malheur.

Lorsqu'elle eut transmis le message au valet, ainsi que son oncle le lui avait ordonné, elle songea avec mélancolie que ce serait merveilleux de partir en Écosse. Sa mère lui avait souvent décrit la lande couverte de bruyère, les montagnes et les lacs. Des heures entières, elle en avait contemplé des illustrations dans les livres de la bibliothèque.

Quand elle entra dans le bureau, elle constata que son oncle l'attendait déjà et elle se mit à trembler. Après ce qui s'était passé au petit déjeuner, elle savait qu'il ne supporterait pas la moindre erreur de sa part. Il n'hésiterait pas à la frapper dès qu'elle le mécontenterait, ce qui, de toute façon, était inévitable.

3

Le duc menait son cheval au trot sur Rotten Row, la large allée sablée qui traverse Hyde Park. Il aperçut au loin Hermione Wallington et s'arrêta pour échanger quelques mots avec une jolie femme qui se promenait en voiture. Il se montra d'une courtoisie exquise, si bien que la promeneuse sentit ses joues s'empourprer et se prit au jeu de ce flirt délicieux. Elle se permit même quelques œillades prometteuses en priant le duc de lui rendre visite très bientôt. Il répondit à son invitation de façon fort galante puis talonna sa monture après avoir pris congé.

Il se dirigea vers Hermione, plus ravissante que

jamais dans sa tenue d'amazone ; elle parlait avec deux de ses amis. Quand il fut à côté d'eux, il souleva son chapeau et lança avec une joyeuse désinvolture :

— Mes hommages, comtesse ! J'espère que vous vous êtes remise de l'abominable ennui de la soirée d'hier à Buckingham ? Je vous voyais assise à la droite de l'archevêque de Canterbury, je vous plaignais de tout mon cœur !

À son grand soulagement, après un regard passionné qu'il jugea dangereux, Hermione lui répondit d'un ton léger :

— Ces dîners officiels m'ont toujours paru fastidieux, vous avez raison. Mais le décor de la salle à manger est d'une beauté somptueuse, vous ne trouvez pas ?

— C'est vous, ma chère, qui êtes d'une beauté somptueuse, marivauda l'un de ses amis.

Elle battit joliment des cils sous le compliment.

Puis, estimant que le duc avait une place prioritaire, les deux gentlemen qui divertissaient la comtesse par leur conversation s'esquivèrent avec tact. Côte à côte, le duc et Hermione chevauchèrent au pas dans la direction opposée.

— J'ai parlé à ma mère hier soir, dit le duc sans attendre. Nous partons demain matin pour l'Écosse, avant le retour de ton mari.

Comme il l'avait prévu, Hermione sursauta mais, avant qu'elle ait pu protester, il ajouta :

— Tu dois comprendre que je ne peux rien faire d'autre. Ma mère va donner un bal au château, ce sera notre excuse pour ce départ précipité.

Il omit de préciser que sa mère l'avait persuadé d'annoncer ses fiançailles. Il savait qu'Hermione contrôlait si mal ses réactions qu'elle était capable d'éclater en sanglots là, devant tout le monde, ce qui n'aurait pas manqué d'alimenter les bavardages.

Avec un grand effort, elle finit par reprendre contenance et put dire d'un ton calme :

— Kenyon, il faut absolument que je te voie seul avant ton départ ! Tu ne peux pas me quitter comme ça !

— C'est difficile, répondit le duc. Où pourrions-nous nous rencontrer sans risques ?

Hermione réfléchit.

— Pourquoi pas à la chapelle de Grosvenor ? proposa-t-elle. Si nous montons dans la galerie, personne ne nous remarquera.

Le duc fut surpris. Il ne lui serait jamais venu à l'esprit de donner rendez-vous à une de ses maîtresses dans une église.

— Je t'y retrouverai. Mon cocher ne s'étonnera pas que je lui demande de m'y arrêter pour prier. Je l'ai déjà fait.

Le duc devina que ce n'était pas la première fois qu'elle donnait rendez-vous à un amant dans un lieu aussi étrange. Il s'émerveilla toutefois de cette subtilité, inattendue de sa part.

— A quelle heure ? demanda-t-il en hâte, voyant fondre sur eux un de ses amis.

— A quatre heures, cet après-midi, chuchota-t-elle.

Ils n'eurent pas le temps d'en dire davantage.

L'ami du duc le salua avec jovialité et combla Hermione de compliments quelque peu excessifs. Après qu'ils eurent échangé deux ou trois banalités, le duc tira sa montre en or de son gousset et dit :

— Je suis désolé, je crains de devoir vous quitter. J'ai rendez-vous à onze heures avec le régisseur qui est venu spécialement de nos terres. Je suis sûr qu'il m'a préparé une liste longue comme le bras de réclamations, de réparations urgentes, et de dépenses de toutes sortes qui engloutissent l'argent on ne sait pas comment !

Son ami éclata de rire.

— Ah, ces propriétaires terriens, toujours en train de se lamenter ! Mais personne ne va vous plaindre, Strathvegon, n'y comptez pas ! Au fait, que donne la grouse, cette année ?

— Les œufs ont éclos dans d'excellentes conditions climatiques, paraît-il. Mais je pourrai vous en dire plus la semaine prochaine, quand je rentrerai.

— Quand vous rentrerez ? Vous partez donc en Ecosse ?

— Oui, il le faut, mon cher. Ma mère donne un bal au château, et elle insiste pour que j'y sois.

— Eh bien, ne nous abandonnez pas trop longtemps. Vous allez nous manquer.

— Rassurez-vous, je reviendrai aussi vite que possible, promit le duc.

Il avait vu une lueur d'angoisse dans le regard d'Hermione et il prit rapidement congé, de crainte qu'elle ne se trahisse.

— Au revoir, comtesse, dit-il en levant son chapeau. Je suis navré de ne pas danser avec vous au bal des Bedford. J'ai prévenu la duchesse ce matin que je ne pourrai pas assister à sa soirée.

Hermione s'efforça de sourire, mais il vit briller les larmes dans ses yeux. Il mit son cheval au trot et s'éloigna vivement, saluant au passage d'un signe de la main deux de ses amis qui le croisaient.

A son retour dans l'hôtel particulier des Strathvegon, il trouva, comme il l'avait prévu, sa mère qui l'attendait dans le salon du matin. Il s'approcha pour l'embrasser.

— Tout est arrangé, Kenyon, dit-elle. J'ai envoyé Mr. Watson en Ecosse avec les invitations pour le bal. Il les distribuera dès son arrivée.

Elle se tut, mais comme le duc ne disait rien, elle continua :

— J'ai demandé que ton train privé soit à King's Cross demain à onze heures pour que les domestiques aient le temps de tout préparer avant notre arrivée. Il sera au quai sept, je crois.

— Tu n'as pas perdu de temps ! remarqua le duc d'un ton un peu renfrogné.

— Il fallait faire vite, mon petit. Et voici la liste des gens qui vont nous accompagner.

Elle lui tendit un papier sur lequel était inscrits les noms de deux couples parmi ses plus proches amis qui étaient toujours prêts à faire ses quatre volontés. Il y avait aussi les noms de trois jeunes gens, bons amis de son fils depuis qu'ils avaient fréquenté le collège d'Eton ensemble. Au bas de la liste, le duc lut les noms de trois jeunes filles, lady Beryl Wood, lady Deborah Hurst et lady Sarah Corde. Il n'en connaissait aucune.

Le duc avait toujours pris grand soin de se tenir à l'écart des jeunes filles à marier. Il était tellement facile à une mère ambitieuse de jeter ses filets sur un soupirant à son goût, de façon qu'il n'y ait pas d'échappatoire possible ! Un de ses meilleurs amis, lord Worcester, s'était vu contraint de se marier parce qu'une mère l'avait vu parler seul avec sa fille dans un jardin. Ils s'y étaient rencontrés par hasard, mais la mère demanda à la princesse de Galles d'intervenir.

Elle prétendit que la réputation de sa fille était perdue si on apprenait qu'elle était restée seule avec un jeune homme. Sous la pression du prince et de la princesse de Galles, lord Worcester n'eut plus qu'à offrir de l'épouser.

Le duc ne s'était jamais privé du plaisir de nouer une liaison amoureuse quand l'aventure le tentait. A son club, ses amis plaisantaient à ce sujet et l'avaient surnommé « Casanova ». Il avait voleté de fleur en fleur, délaissant une beauté après l'autre. Il reconnaissait lui-même que ce qui le retenait de tout attachement durable, c'était l'ennui. Dès qu'une femme lui tombait dans les bras — et apparemment aucune ne résistait —, la monotonie du jeu amoureux le détournait d'elle. Leur conversation était le plus souvent d'une platitude à décourager l'amoureux le plus enflammé. C'est peut-être cela plus que toute autre chose qui l'avait persuadé de repousser les supplications de sa mère.

Quand il eut trente-deux ans, elle l'entreprit sérieusement au sujet de sa descendance.

— Te rends-tu compte, mon chéri, que si tu n'as pas d'héritier, ton oncle que tu détestes autant que moi, prendra ta place à la tête du clan ? Et il n'a pas de fils pour lui succéder.

— C'est absolument vrai, admit le duc.

Son oncle avait cinq filles de deux mariages différents, et il s'employait sans doute encore à procréer un héritier.

Mais le duc ne cédait pas.

— Mère, cela ne sert à rien de revenir sur cette question. Pour le moment, je n'ai aucune envie de me lier à une jeune fille qui me fera bâiller chaque fois qu'elle ouvrira la bouche. Et les femmes qui me plaisent sont, vous le savez bien, déjà mariées.

— Oui, je le sais. Je ne veux que ton bonheur. Mais ce serait une telle joie pour moi de tenir mon petit-fils dans mes bras, surtout s'il est un aussi charmant bébé que tu l'étais.

— Rien ne presse, se hâta d'affirmer le duc. Je vous promets d'envisager le mariage quand j'approcherai de la quarantaine.

Sans laisser le temps à sa mère de protester que c'était beaucoup trop loin, le duc enchaîna :

— Maintenant, je dois vous quitter, ma chère mère. Une déesse aux yeux d'émeraude, joyau pour lequel elle a d'ailleurs un appétit inépuisable, une déesse, disais-je, m'attend.

La duchesse qui connaissait la déesse en question et trouvait décidément son fils incorrigible, ne put retenir un rire ; mais, avant qu'elle n'eût exprimé sa pensée, il avait disparu.

D'après la liste de noms qu'il avait tenue en main, le duc devinait que les jeunes filles que sa mère avait sélectionnées seraient jeunes, sans expérience, et sans éducation. Il en avait trop souvent rencontré de semblables quand ses amis s'étaient, l'un après l'autre, passé la corde au cou.

Il avait cependant observé un phénomène extraordinaire. Après que les jeunes épousées insipides s'étaient retirées sur les terres familiales pendant quelques années, avaient procréé un fils et quelquefois deux ou trois autres enfants, elles réapparaissaient soudain, belles, spirituelles, élégantes, elles étaient devenues ces femmes qui le séduisaient tant. Il n'avait jamais compris le mystère de cette métamorphose, il ne pouvait que constater la chose. Il pensait même que la belle Hermione avait dû autrefois être, elle aussi, une jeune fille timide et gauche. Il songeait que, s'il l'avait épousée quand elle n'était qu'une débutante, il n'aurait pas mis longtemps à chercher ailleurs ce qu'on nommait pudiquement un « nouvel intérêt ».

Quand il avait rendu la liste à sa mère, il lui avait demandé :

— J'imagine qu'il n'y a pas d'autre solution ?

— S'il y en a une, répondit sa mère, elle ne m'est pas venue à l'esprit. Et cette nuit, pendant que je réfléchissais à tout cela, je me suis souvenue qu'il y a quelques années George Wallington avait si méchamment blessé un adversaire qu'il avait fallu amputer celui-ci d'un bras.

— Bigre ! Je ne le savais pas !

— Il me semble que tu étais à l'étranger à cette époque. Et comme il s'agissait d'un homme sans grande importance, on a étouffé l'affaire qui a été vite oubliée.

Elle fut prise d'un frémissement.

— Kenyon chéri, jamais je ne supporterais qu'il t'arrive un malheur de cette sorte !

Le duc alla se camper devant la fenêtre et promena un regard distrait sur le jardin qui agrémentait l'arrière de la maison.

— Laquelle de ces jouvencelles préférez-vous ? demanda-t-il d'une voix déterminée.

La duchesse prit son temps avant de répondre :

— Beryl Wood est, à mon avis, la plus belle. Elle est brune, ce qui vous séduira peut-être.

Le duc comprit que sa mère faisait allusion à la chevelure dorée d'Hermione dont celle-ci était très fière. On la citait toujours comme un modèle de la beauté anglaise.

— Deborah Hurst n'est pas aussi belle, mais elle est assez piquante, et elle a un caractère très gai. Quant à Sarah Corde, elle a la chevelure rousse de sa mère qui est une vieille amie à moi.

— En d'autres termes, c'est Sarah qui a votre préférence, conclut le duc d'un ton définitif.

La duchesse éluda la réponse.

— J'ai l'impression que le marquis ne t'aime pas, dit-elle, pensive. Sans doute parce que tes chevaux ne cessent de battre les siens. C'est un vaniteux, il t'en veut.

Le duc sourit.

— Il était sûrement furieux la semaine dernière à Newmarket quand mon cheval a battu le sien d'une courte tête !

— Alors à l'avenir, sois diplomate et n'engage pas tes chevaux dans les courses qu'il veut gagner !

— Cela me gênerait moins que d'épouser sa fille, marmonna le duc pour lui-même.

La duchesse se leva. Elle rejoignit son fils près de la fenêtre et glissa son bras autour de sa taille.

— Je suis désolée, mon chéri. Sois sûr que je ferai tout ce qui est en mon pouvoir pour te rendre la vie plus facile.

— Je sais, maman. Je vous en remercie. Mais je vous le dis, je n'ai aucune envie d'épouser qui que ce soit, et encore moins une gamine stupide avec qui je n'ai rien en commun !

La duchesse soupira sans répondre.

— Ce fichu Wallington ! explosa soudain le duc. Comment ose-t-il me menacer et rendre sa femme aussi malheureuse ?

— Tu sais, je crois qu'il aime vraiment Hermione, et les hommes, quand ils sont amoureux, sont souvent excessifs et se comportent d'une façon que tu jugerais déraisonnable.

Elle n'était pas sûre que le duc l'écoutait, mais elle continua :

— La vérité, mon très cher fils, c'est que tu n'as jamais été amoureux. Quand tu le seras, tu comprendras ce que je veux dire.

Elle s'éloigna doucement et sortit. Le duc la suivit des yeux jusqu'à ce qu'elle disparaisse, pétrifié d'étonnement.

— Jamais été amoureux ? répéta-t-il pour lui-même.

Il songea aux innombrables fois où il avait été ensorcelé, fasciné, totalement subjugué par un joli visage, par une silhouette aux courbes parfaites. Il songea aux nuits pendant lesquelles il avait atteint des sommets de passion et à tous ces petits matins où il rentrait chez lui à pied, la tête dans les nuages.

Lui, jamais amoureux ? Grand Dieu ! Et ce qu'il éprouvait pour Hermione, comment sa mère appelait-elle cela ?

Puis il eut l'impression d'entendre une petite voix ironique qui lui demandait :

— Es-tu vraiment sûr que ce que tu éprouves pour elle va durer ? Serais-tu vraiment comblé de partager avec elle le restant de tes jours et de tes nuits ?

Il préféra ne pas répondre à ces questions.

Il sortit demander qu'on lui prépare immédiatement son cabriolet. Il fouetta le cheval et prit la direction du White's.

Il y déjeuna en compagnie de trois de ses meilleurs amis qui n'avaient pas d'autres invitations à honorer ce jour-là. Il prit des paris dans plusieurs des courses qui se déroulaient l'après-midi à l'hippodrome de Doncaster. Ensuite, il se rendit dans Bond Street afin de choisir un cadeau pour Hermione. Il ne put s'empêcher de penser avec amertume que c'était un cadeau d'adieu à la liberté.

Il voulait offrir un présent suffisamment discret pour qu'il ne puisse servir de preuve à son mari. Il fixa son choix sur une poignée d'ombrelle hors de prix, mais qui, espérait-il, échapperait à l'œil jaloux de George Wallington. C'était un véritable bijou en quartz rose, serti de turquoises et de petits diamants. Le duc hésita à y faire graver les initiales de la jeune femme, et pensa finalement que ce serait une imprudence. Il le fit empaqueter et l'emporta chez lui.

Après avoir renvoyé son cabriolet, il entra dans le hall où il croisa le maître d'hôtel qui eut l'air surpris de le voir.

— Votre Grâce doit-elle ressortir ? Désire-t-elle que j'envoie quelqu'un aux écuries pour qu'on lui prépare une voiture ?

— Non, non ! merci, j'ai envie de marcher. Un peu d'exercice me fera du bien, et il fait très beau, n'est-ce pas ?

— Oui, un peu chaud, peut-être, mais comme Votre Grâce le disait, c'est une belle journée.

Le duc partit d'un bon pas. Dans Park Lane, il tourna dans South Audley Street où se trouvait la chapelle de Grosvenor. Il avait pris la précaution d'arriver en avance, afin que le cocher d'Hermione ne risque pas de le voir quand il la déposerait. Comme il l'avait prévu, la chapelle était vide à cette heure et il gravit prestement la volée de marches qui menait à la galerie supérieure.

Choisir une église pour donner rendez-vous à son amant, c'était bien une idée de femme ! pensa-t-il. Il alla s'asseoir dans la rangée de sièges près du mur où personne ne pourrait le remarquer d'en bas. De là, il ne voyait que l'autel et les vitraux colorés qui le surplombaient.

Quand il séjournait sur ses terres, il se rendait à l'église presbytérienne d'Ecosse parce qu'il devait respecter les traditions, ce que son père avait toujours fait. Le pasteur comptait sur la présence d'un membre de la famille à la place attitrée, un large banc sculpté qui était là depuis la construction de l'église.

A Londres, il n'avait guère mis les pieds à l'église, sinon pour quelques messes de mariage auxquelles il n'avait pu se dérober en tant qu'invité de marque, ou bien à l'occasion d'enterrements, quand il faisait partie du cortège.

Ses pensées vagabondaient. Il rêvait, non pas à Hermione comme on aurait pu s'y attendre, mais à ses croyances quand il était enfant. Sa mère lui avait lu l'histoire de Bethléem, qui lui plaisait beaucoup. Il s'était imaginé dans le désert, chevauchant aux côtés des trois Rois mages, à la poursuite de l'étoile. Il se dit avec une pointe de cynisme qu'il avait maintes fois poursuivi un tout autre genre d'étoiles depuis. Mais elles ne l'avaient jamais mené à ce qu'il cherchait, bien qu'il ne sût pas précisément quel était l'objet de sa quête.

Comme il s'étonnait du chemin que prenaient ses rêveries, Hermione arriva. Elle avait monté l'escalier si légèrement qu'il ne l'avait pas entendue. Il se tourna brusquement et la vit s'avancer, les bras tendus vers lui. Dans l'ombre que dessinait sur son visage le rebord de son ravissant chapeau, ses yeux étincelaient du plaisir de le voir.

Il lui baisa les mains l'une après l'autre et la fit asseoir près de lui.

— Mon Dieu, Kenyon, chuchota-t-elle. Est-ce bien vrai que tu pars en Ecosse ? Comment vais-je supporter de te perdre et de devoir affronter George toute seule ?

— Ma mère m'assure que c'est la seule façon de nous sauver tous les deux. Il faut que tu sois courageuse.

— J'essaie, mais j'ai peur ! J'ai affreusement peur ! Tu sais, Jane croit savoir qui nous a dénoncés.

— Ah oui ! fit le duc d'une voix dure. Et qui est-ce ?

— Jones pense que c'est le secrétaire de George, Mr. Marsden. Je n'ai jamais aimé cet homme, George l'emploie depuis peu de temps. Il rampe devant lui d'une façon répugnante ! Je suis à peu près sûre qu'il cherche à se concilier les bonnes grâces de George en acceptant de nous surveiller.

Le duc pensa que si Hermione avait raison, le secrétaire du comte avait dû rassembler pas mal de preuves compromettantes. C'était trop tard. Quel fou il avait été de rencontrer Hermione sous son propre toit ! C'est une solution qui lui avait toujours déplu. Il répugnait à manger la nourriture, boire le vin ou coucher dans le lit d'un homme dont la femme était infidèle. Mais il n'y avait pas d'alternative, forcément. Une lady ne viendrait jamais chez lui, c'était impensable. Si quelqu'un soupçonnait que ce fût le cas, elle serait immédiatement frappée du sceau de l'infamie.

A Londres, il était de mise de sauvegarder les apparences. Une femme mariée avait le droit de donner des dîners intimes en l'absence de son mari. Personne ne lui imposait d'attendre son retour seule à se morfondre. Les invités, quatre au maximum, étaient sélectionnés avec soin, et, pleins de tact, ils partaient assez vite après la fin du repas. Un des messieurs restait ostensiblement pour faire la conversation à l'hôtesse. Les domestiques éteignaient les chandeliers et se retiraient dans leurs quartiers. Une femme de chambre dévouée, comme Jane par exemple, allait aussi se coucher discrètement, après avoir préparé le lit de sa maîtresse. Personne, à part peut-être un laquais de garde somnolent, ne saurait à quelle heure l'amant avait quitté la maison. On pouvait d'ailleurs acheter son silence avec quelques souverains d'or glissés au passage dans sa main.

Le duc avait toujours pensé que c'était simple et fort civilisé. Maintenant qu'il imaginait le secrétaire tapi dans l'ombre, une montre et un calepin à la main en train de noter les dates, les heures, il se rendait compte de sa sottise.

« J'aurais dû me douter, pensait-il, qu'un homme comme George Wallington aurait eu des soupçons tôt ou tard, et qu'il mettrait tout en œuvre pour découvrir la vérité. »

Certes, il y avait toujours eu des maris complaisants, qui fermaient délibérément leurs yeux et leurs oreilles. Eux-mêmes avaient d'autres « intérêts » qui les occupaient ailleurs, et ce que faisaient leurs épouses ne les concernait guère, voire leur facilitait les choses.

Pour la première fois de sa vie, le duc pensa que s'il était marié, il aurait très mal supporté que sa femme prît un amant en son absence. Soudain, il comprit la fureur de Wallington, découvrant qu'il était trompé.

— Quand te reverrai-je ? demanda Hermione.

Le duc serra plus fort les mains menues dans les siennes.

— Je pense qu'il vaut mieux que je te dise la vérité.

— La vérité ?

— Ma mère a l'intention d'annoncer mes fiançailles au bal qu'elle donne la semaine prochaine...

Hermione écarquilla les yeux, incrédule. Puis elle posa la main sur sa bouche pour étouffer un cri.

— Non ! Je ne te crois pas ! Ce n'est pas vrai ! Pourquoi ne m'as-tu jamais parlé... d'elle ?

— Je ne t'en ai jamais parlé parce que j'ignorais jusqu'à son existence !

— Je ne comprends pas, souffla Hermione d'une voix défaite.

— Ma mère invite plusieurs personnes à séjourner au château et, parmi elles, il y a trois jeunes filles qu'elle a choisies. Ma femme sera l'une des trois.

Son visage s'était durci. Hermione, bien qu'elle eût les yeux gonflés de larmes, devina combien il haïssait cette idée.

— Oh, Kenyon, dit-elle d'une voix chargée de désespoir, je ne le supporterai pas.

Après un silence, Hermione reprit d'un ton différent :

— Mais j'y pense, cela peut nous arranger, finalement !

— Nous arranger ?

— Bien sûr ! Si tu te maries, cela fera taire les soupçons de George, et à ton retour...

Elle n'avait pas besoin d'expliquer davantage. Le duc éprouva une soudaine répulsion pour cette idée qui le rendrait encore plus méprisable à ses propres yeux qu'il ne se sentait déjà à cause de ce mariage combiné qui se préparait.

Il acceptait d'épouser une jeune fille sans même la connaître pour éviter d'être tué en duel par Wallington et de comparaître comme complice d'adultère dans un divorce. Mais de là à planifier un nouvel adultère avant même que la jeune fille n'ait la bague au doigt lui parut le comble du mauvais goût.

— Chère Hermione, dit-il, nous devons nous dire au revoir maintenant. Ton cocher va s'étonner si tu restes trop longtemps. Il risque de venir à ta recherche.

Hermione se raidit et regarda par-dessus son épaule comme si elle craignait que quelqu'un n'ait gravi l'escalier sans qu'elle l'ait entendu.

— Oh, mon cher Kenyon, mon merveilleux Kenyon ! murmura-t-elle, le regard brûlant de passion. Je t'aime de toute mon âme et je prierai pour que le temps s'écoule vite jusqu'à ton retour !

La manière dont elle dit cela fit penser au duc qu'elle avait préparé son petit discours avant de venir à leur rendez-vous.

Elle s'approcha tout près et lui tendit ses lèvres. Il hésita. Il lui semblait pour le moins déplacé de s'embrasser dans une église. Mais il ne pouvait rien lui refuser et il déposa sur sa bouche un rapide baiser sans ardeur.

— Adieu, mon cœur. Merci pour tout le bonheur que tu m'as donné.

Il ramassa le petit paquet qu'il avait posé sur la chaise à côté de lui et le tendit à Hermione, qui le regarda, surprise.

— Prends, c'est pour toi, dit-il. Pense à moi quand tu t'en serviras, comme je penserai à toi.

— Oh, Kenyon ! Je t'aime tant ! Jamais je n'aimerai quelqu'un d'autre comme je t'ai aimé, dit Hermione, la voix brisée.

Ils se levèrent. Elle se jeta à son cou et l'embrassa avidement puis s'éloigna dans un sanglot. Elle descendit l'escalier et partit sans se retourner.

Le duc resta immobile jusqu'à ce qu'il entende la porte de la chapelle se refermer derrière elle. Puis il se rassit et laissa son regard se promener sur les vitraux au-dessus de l'autel. Il pensa qu'il payait très cher ce « bonheur » qu'Hermione lui avait donné. Il imaginait le secrétaire du comte surveiller ses allées et venues et envoyer son rapport à son maître à Paris en sachant parfaitement que ce serait catastrophique pour la comtesse.

« Le scélérat ! Il mériterait que je le tue ! » se dit le duc.

Furieux, il pensait que s'il y avait une chose qu'il détestait, c'était la bêtise. Mais qu'y avait-il de plus stupide que de croire qu'ils échapperaient aux espions et aux mouchards ? Il se retrouvait pieds et poings liés, tout comme Hermione, d'ailleurs.

Toutefois, il avait le sentiment qu'elle saurait apaiser la colère de son mari qui, c'était évident, était toujours épris de sa femme. S'il avait jeté les yeux sur une autre, cela ne serait pas passé inaperçu, les commères se seraient fait une joie de répandre la nouvelle, ne serait-ce que pour humilier Hermione dont la beauté attisait les jalousies.

Oui, Hermione serait sauve, décida le duc, mais il devrait payer le prix, et c'était un prix très élevé. Perdre sa liberté, c'était pire qu'une condamnation à mort...

Quand il se fut assuré que personne ne le surveillait, il sortit de la chapelle et regagna en hâte Strathvegon House. En chemin, il réfléchit à ce que serait son emploi du temps de la soirée. Il avait prévu de dîner avec Hermione et de passer une dernière folle nuit d'amour avec elle avant le retour de son mari. Evidemment, c'était exclu maintenant.

Passerait-il à son club ? Prierait-il à dîner quelques-uns de ses amis ?

Il pensa qu'il leur semblerait étrange qu'il ne soit pas chez Hermione. En fait, il n'y avait jamais songé jusqu'alors, mais il était désormais certain que le secrétaire de Wallington n'avait pas été le seul à noter ses faits et gestes, et qu'un bon nombre de personnes devaient être au courant de sa liaison.

« Bon sang ! pesta-t-il. Il n'y a donc pas moyen d'avoir une vie privée ? »

Il tendit son chapeau au valet de pied.

— Madame la duchesse désire voir Votre Grâce dès son retour, lui annonça celui-ci.

Le duc était sûr de trouver sa mère dans le salon où elle aimait prendre son thé à cette heure. Il gravit l'escalier et la vit assise, baignée d'un rayon de soleil qui filtrait par la fenêtre. Par bonheur, elle était seule.

— Enfin te voilà, mon chéri ! s'exclama-t-elle. Viens près de moi, je vais te servir une tasse de thé et t'expliquer ce que j'ai prévu pour ce soir.

— Prévu pour ce soir ? demanda le duc, conscient de répéter un peu sottement les mots de sa mère.

— Comme tu es sûrement libre, n'est-ce pas,

commença-t-elle, j'ai convié plusieurs de tes amis à dîner et j'ai réservé une loge à Drury Lane. Nous arriverons trop tard pour la première partie, mais il paraît que c'est une très belle pièce. Je suis sûre qu'elle te plaira.

Le duc vit une étincelle de malice dans l'œil de sa mère. Il comprit qu'elle avait organisé la soirée de façon qu'on le voie en public. Marsden, ou quiconque l'espionnerait, ne pourrait pas prétendre qu'il était en compagnie de sa maîtresse ce soir-là.

— Ensuite, continua la duchesse, j'ai promis que nous ferions un saut à la réception qui se donne à Apley House. Tu t'ennuieras peut-être un peu, mais le Premier ministre sera présent, ainsi que plusieurs autres hommes d'Etat.

Le duc fut pris d'un rire irrépressible.

— Maman, vous êtes merveilleuse ! Je suppose que je devrais vous remercier, mais pour l'instant, j'ai plutôt envie de frapper quelqu'un ! Moi-même, de préférence, pour me punir de ma stupidité !

La duchesse eut un geste de compréhension.

— Nous commettons tous des erreurs, mon cher garçon. Ce qui compte, c'est de ne pas faire deux fois la même !

4

Dans la calèche qui l'emmenait à King's Cross, Yseulta sentait croître son angoisse au fur et à mesure qu'elle se rapprochait de son but. L'inquiétude s'était emparée d'elle dès que son oncle lui avait dit d'un ton étrangement enjoué :

— Je vais vous dicter une lettre que vous irez remettre demain au duc de Strathvegon.

Connaissant les sentiments du marquis envers le duc, elle fut surprise qu'il eût ne serait-ce qu'un mot à lui dire. Mais quand elle transcrivit de son écriture élégante ce que son oncle lui dictait, elle fut atterrée. A la dernière phrase, elle ne put se retenir :

— Mais, mon oncle...

— Taisez-vous ! se fâcha le marquis. Je vous dispense de vos commentaires, et vous ferez ce que bon me semble, un point c'est tout !

Elle eut trop peur pour tenter de lui faire changer son plan, mais elle resta éveillée une bonne partie de la nuit. Comment pourrait-elle supporter pareille humiliation ? C'était déjà beaucoup d'entendre jour après jour injurier son père par sa propre famille. Mais le voir accusé en public devant des étrangers lui donnait envie de mourir. Elle aurait voulu pouvoir s'enfuir, mais sans un sou et sans refuge, où aller ? Elle avait beau penser que mourir de faim vaudrait mieux que de souffrir insultes et cruautés à longueur de journée, elle n'avait pas le courage de prendre la décision de partir.

Une servante la réveilla sans ménagement à sept heures précises, comme chaque jour, et revint pendant qu'elle finissait de se préparer.

— Miss Yseulta, Sa Seigneurie a donné des ordres, lui annonça-t-elle. Il veut que vous empaquetiez toutes vos affaires là-dedans.

Elle déposa sur le plancher une vulgaire sacoche en toile, le type même de celles qu'utilisaient les domestiques. On aurait pu difficilement trouver bagage plus ordinaire et meilleur marché.

Quand elle fut seule, Yseulta pensa que ce qu'on lui demandait de faire n'était qu'une perte de temps. Bien sûr, elle emporterait son sac comme son oncle le lui avait ordonné, mais quand le duc l'aurait renvoyée avec mépris, elle n'aurait plus qu'à revenir ici et à remettre en place sa maigre garde-robe.

C'est sur le chemin de la gare qu'il lui vint à l'esprit qu'elle pourrait peut-être se cacher dans le train. Une fois en Ecosse, elle disparaîtrait tout bonnement dans la nature et son oncle ne la retrouverait jamais. Il ne s'en plaindrait certainement pas, trop heureux d'être débarrassé d'elle.

Là-bas, avec un peu de chance, des gens la paieraient pour gratter leurs planchers, ou faire la cuisine. Tout plutôt que de continuer à souffrir comme elle avait souffert depuis deux ans.

Hélas, ce n'était qu'un rêve, elle le savait bien. Elle allait se réveiller, grimaçante de douleur sous les coups que lui infligerait son oncle.

La voiture s'arrêta à l'entrée de la gare. Un des laquais mit pied à terre pour descendre sa sacoche d'un air dédaigneux. Yseulta devinait que le marquis avait donné l'ordre de la conduire au train, non pas pour qu'elle ait un porteur mais pour que les amis du duc voient bien la livrée des Derroncorde.

Toute tremblante, elle avança vers le quai, comme si elle allait à la guillotine. Une fierté qu'elle croyait disparue lui redonna soudain courage et elle redressa la tête au lieu de faire demi-tour en courant comme elle l'avait envisagé un instant plus tôt : elle s'était dit qu'elle attendrait le départ du train, puis elle serait rentrée chez son oncle pour lui raconter qu'elle était arrivée trop tard, qu'elle n'avait pu voir le duc.

Il était presque midi. Son oncle avait bien calculé le temps pour qu'elle arrive la dernière, bien sûr. Il fallait un public pour assister à sa petite mise en scène.

« Aurai-je la force ? » se demanda-t-elle.

Chaque nerf de son corps était tendu comme un arc. Soudain, elle eut l'impression que sa mère était près d'elle et la protégeait. Alors, elle releva le menton, marcha d'un pas plus lent et essaya de prendre un air digne.

Le train stationnait au début du quai nº 7. Elle le trouva magnifique. Les voitures étaient peintes en blanc, avec des encadrements de fenêtre et des portes rouge rubis. On aurait dit un jouet d'enfant.

Yseulta vit que le chef de train tenait déjà son drapeau rouge, attendant les ordres du duc pour faire signe au conducteur de démarrer. Le wagon-salon était accroché à la locomotive en début de train, puis il y avait les wagons-lits, et enfin le wagon réservé aux domestiques. Elle longea ceux-ci avant d'apercevoir à travers les fenêtres les robes chatoyantes des invitées du duc. Des hommes, debout, leur tenaient compagnie. Cette vision fugitive suffit à accroître sa nervosité.

Sur le marchepied du wagon-salon, un Ecossais portant le kilt en tartan des Strathvegon regarda Yseulta d'un air surpris. A l'intérieur du wagon, la duchesse venait tout juste de déclarer à son fils :

— Eh bien, tout le monde est là, excepté Sarah Corde !

— C'est le privilège des femmes d'arriver en

retard, plaisanta le duc. Accordons-lui encore cinq minutes, ajouta-t-il en consultant sa montre.

Alors que la duchesse traversait le wagon pour rejoindre une de ses amies, le duc vit par la fenêtre s'approcher une jeune femme à l'étrange allure, tout habillée de noir. Ses vêtements étaient sans élégance et usés jusqu'à la trame.

Le duc pensa d'abord qu'il s'agissait d'une servante égarée, à qui on n'avait pas montré les wagons des domestiques. Comme elle continuait d'approcher, il remarqua ses cheveux d'un blond très pâle sur lesquels son petit chapeau noir qu'elle portait en arrière faisait comme une auréole. Il aperçut deux grands yeux.

Elle était à la hauteur de la voiture-salon, maintenant, et il la vit parler avec Douglas, son valet personnel. Le duc était curieux d'apprendre ce qui se passait. Il découvrit derrière la jeune fille en noir, un laquais qui portait un bien curieux bagage. Vêtu d'une livrée et d'un chapeau à cocarde, il appartenait sans doute à une maison importante. C'est alors seulement que le duc pensa que la jeune femme était Sarah Corde. Pourtant, non ! Habillée de cette façon misérable, elle ne pouvait être la brillante débutante qui, selon la duchesse, illuminait la saison londonienne ?

Douglas grimpa dans le wagon et vint dire à son maître d'une voix basse inhabituelle :

— Miss Yseulta Corde désire parler à Votre Grâce.

La femme en noir était montée derrière Douglas. Le duc vit qu'elle était très jeune et que ses grands yeux gris exprimaient de la frayeur. Il ne se souvenait pas d'avoir jamais vu un tel accablement sur un visage féminin.

Yseulta remarqua qu'il l'observait. Elle osa s'approcher davantage et dit d'une voix à peine audible :

— Votre Grâce, on m'a priée de vous remettre ce message personnellement.

Elle lui tendit la lettre, et il nota que sa main tremblait. Il nota aussi son gant usé et reprisé en plusieurs endroits. Intrigué, il prit la lettre et dit :

— J'imagine, miss Corde, que vous êtes venue m'avertir que lady Sarah Corde est dans l'impossibilité de se joindre à nous.

Le visage figé d'angoisse, elle répondit d'une voix étranglée :

— Je vous en prie, lisez cette lettre.

Le duc ouvrit sans peine l'enveloppe qui n'était pas scellée, en retira la feuille d'épais papier qu'il déplia et lut :

J'ai parfaitement compris vos efforts pitoyables pour vous sortir de la situation dans laquelle vous vous êtes mis. Je ne permettrai pas que ma fille soit compromise dans vos tentatives de trouver une « bouée de sauvetage » pour vous sauver de la noyade !

Je vous envoie à la place la fille de mon défunt frère John, dont la conduite criminelle, honteuse et traîtresse en aurait fait pour vous un partenaire de choix !

Derroncorde

Le duc sentit son sang ne faire qu'un tour.

Il regarda fixement la lettre, incrédule. Quel homme était ce Derroncorde pour se permettre une telle offense ? Près de lui, une petite voix bredouilla :

— Je... je suis désolée.

— Vous savez ce qu'il y a dans cette lettre ?

— C'est moi qui l'ai écrite sous sa dictée.

— Vous vous rendez compte que c'est une insulte ?

Yseulta retint son souffle et ne répondit pas.

Le duc la contempla. Seigneur, que cette jeune fille avait l'air malheureuse ! Comment était-ce possible ?

— Je suis vraiment désolée, répéta-t-elle. Je vais m'en aller.

— C'est ce que votre oncle désire que vous fassiez ? demanda le duc.

Il remarqua son bref regard vers les invités qui riaient et bavardaient derrière lui. Il la vit tordre ses mains tristement gantées. Il se douta qu'elle s'attendait à ce qu'il explique à la ronde qui elle était, et qu'il la chasse sans le moindre égard. Il comprit l'habileté avec laquelle le marquis, cet homme emporté, à la voix tonitruante, avait tramé son affaire. Il voulait l'humilier, lui, mais aussi humilier cette pauvre fille qui n'était qu'un pion dans son jeu.

Le duc resta silencieux.

Comme si elle craignait de perdre contenance, Yseulta se détourna vers la portière au moment où la duchesse rejoignait son fils.

— Eh bien, Kenyon ? fit-elle. Que se passe-t-il ?

Le duc glissa la lettre dans la poche intérieure de sa veste et répondit :

— Miss Corde vient de m'apporter un message. Malheureusement, lady Sarah Corde ne pourra pas être du voyage. Mais comme elle ne veut pas être la cause d'un déséquilibre dans le nombre de nos invités, elle a envoyé sa cousine à sa place.

A ces mots, Yseulta se retourna vers lui, stupéfaite. Ses yeux s'agrandirent, on aurait dit qu'ils mangeaient tout son petit visage ovale et d'une pâleur pitoyable.

— Voilà qui est merveilleux ! s'exclama la duchesse. Eh bien, puisque nous sommes au complet, nous n'avons plus qu'à partir !

Elle s'avança vers Yseulta et lui dit avec sa courtoisie habituelle :

— Venez, suivez-moi, ma chère, je vais vous présenter à nos autres invités.

Yseulta ne put sortir de son immobilité que lorsqu'elle entendit le duc dire à Douglas, posté derrière elle :

— Allons, assure-toi qu'on a monté les bagages de miss Corde. Va ensuite prévenir le chef de train que nous sommes prêts.

— Très bien, Votre Grâce, répondit Douglas avec un fort accent écossais. Puis il tourna les talons et alla transmettre les ordres.

A peine eut-il disparu qu'on entendit claquer les portières, puis la stridulation d'un sifflet. Le chef de train leva son drapeau rouge, la locomotive souffla un puissant jet de vapeur et s'ébranla lentement.

La duchesse avait conduit Yseulta à l'arrière de la voiture où lady Beryl Wood et lady Deborah Hurst devisaient avec deux des amis du duc. La duchesse les présenta à Yseulta, et expliqua que celle-ci était venue à la place de sa cousine.

En proie à une sorte de vertige, Yseulta alla s'asseoir près de la fenêtre. Elle avait l'impression que le monde était sens dessus dessous. Ou bien alors, elle rêvait.

Dès que le train eut démarré, des serveurs apparurent. Ils portaient des plateaux chargés de petits canapés de toutes les couleurs, pour accompagner les vins qu'on avait déjà offerts aux invités.

Comme dans un état second, Yseulta accepta une coupe de champagne et un toast au foie gras. Tandis que le train prenait de la vitesse, elle n'avait qu'une pensée : son rêve était devenu réalité ! Elle était en route pour l'Ecosse ! Elle se promit de ne jamais revenir à Londres, aussi effrayante que soit pour le moment la perspective de se retrouver seule dans un pays inconnu. Au moins, elle serait libre !

Tout vaudrait mieux que de continuer à endurer la cruauté de son oncle. La veille, après qu'il lui eut dicté la lettre, il la lui avait fait recopier deux fois. Elle n'avait pas fait de fautes, non, il voulait seulement une copie pour la montrer à ses amis et une autre pour l'archiver dans ses dossiers.

— Je veux garder ce témoignage de la façon dont j'ai mouché ce scélérat ! avait-il exulté.

Lorsque Yseulta avait essayé de le convaincre de faire porter la lettre par quelqu'un d'autre, il lui avait répondu avec une paire de gifles et avait ajouté que si elle ne lui obéissait pas, il la battrait jusqu'à ce qu'elle se soumette.

— Votre père a flétri mon nom ! Si vous ne m'obéissez pas, je vous rosserai jusqu'à ce que vous perdiez conscience, vous m'avez compris ?

Il criait si fort qu'il lui perçait les tympans. Devant tant de violence, morale et physique, elle n'avait pu s'empêcher de crier de douleur et de peur. Il l'avait laissée dans un tel état de faiblesse qu'elle avait dû s'allonger par terre pour reprendre quelque force avant de quitter le bureau.

Et voilà qu'après avoir craint de subir une nouvelle fois les foudres de son oncle, elle quittait Londres, et partait pour l'Ecosse. C'était incroyable ! Elle remercia Dieu du fond de son cœur.

Soudain, elle se rendit compte que les gens assis près d'elle l'observaient avec curiosité. Elle reposa précipitamment sa coupe de champagne et mordit dans le toast pour éviter que le vin ne la grise. Elle n'avait pu avaler une bouchée au petit déjeuner, la gorge nouée à l'idée du supplice qui l'attendait. La veille déjà, après la scène avec son oncle, elle s'était sentie trop mal pour avaler quoi que ce soit de toute la journée.

« Fais attention, se morigéna-t-elle. Tu es tellement excitée que tu risques de ne pas te contrôler ! »

Avec difficulté, elle s'efforça de s'intéresser aux gens qui l'entouraient. Elle nota que lady Deborah Hurst riait nerveusement à chaque fois qu'un des hommes présents s'adressait à elle. Par contre, lady Beryl Wood ne quittait pas sa mine renfrognée. Pourtant, se dit Yseulta, apparemment elle avait tout pour être heureuse. Elle portait une toilette élégante et un chapeau assorti où étaient piqués quelques camélias blancs.

Après le champagne, on servit un déjeuner délicieux auquel Yseulta, à sa grande surprise, fit honneur en goûtant avec appétit à tous les mets. Elle devinait bien les regards curieux posés sur elle, mais c'était une société aux manières trop polies pour le faire d'une façon ostensible.

Les messieurs qui se nommaient, ainsi qu'elle l'apprit, Hugo, Anthony et Perry, taquinaient les jeunes filles et disaient des plaisanteries qu'à l'exception de lady Beryl, elles trouvaient fort amusantes. Il y avait si longtemps que personne n'avait plus parlé à Yseulta comme à un être humain qu'elle avait du mal à croire à la réalité de ce qui se passait.

A la fin du repas, les convives se séparèrent en petits groupes. Deux couples entre deux âges, des amis de la duchesse, s'installèrent à une table pour faire un bridge. Hugo montrait à Deborah des gravures dans un magazine, elle éclatait de rire chaque fois qu'il ouvrait la bouche. La duchesse consultait Anthony, qui semblait être un danseur expérimenté, sur le nombre de quadrilles écossais qu'il fallait prévoir pour le bal.

C'est alors qu'Yseulta vit le duc arriver de l'autre bout de la voiture. Il s'assit dans un fauteuil libre entre elle-même et lady Beryl, un verre de cognac à la main. Il se pencha vers lady Beryl.

— Puis-je faire quelque chose pour vous ? lui demanda-t-il. J'ai remarqué que vous ne paraissiez pas vous amuser pendant le déjeuner. Ma mère en était désolée.

Lady Beryl posa sur lui un regard qu'Yseulta jugea rempli d'hostilité. Elle fut stupéfaite de l'entendre répondre :

— Merci, je n'ai besoin de rien, excepté qu'on me laisse tranquille.

Sur ce, elle se leva et alla s'asseoir à l'autre bout du wagon, dans un des fauteuils que les joueurs de bridge avaient libérés. Elle se rencogna contre la fenêtre et ferma les yeux comme pour dormir.

Le duc, qui l'avait regardée avec effarement s'éloigner, se tourna vers Yseulta. Ils étaient un peu à l'écart du reste du groupe.

— Dites-moi, commença-t-il à mi-voix, pourquoi êtes-vous habillée en noir ? Etes-vous en deuil ?

Yseulta fit non de la tête, puis comme si elle avait pris une décision elle se lança :

— C'était très aimable de votre part de ne pas me renvoyer. Je m'y étais préparée, vous savez. Je vous promets que je ne vous dérangerai pas. Et quand nous arriverons en Ecosse... je disparaîtrai, et mon oncle ne me retrouvera jamais !

— Pourquoi feriez-vous donc cela ?

— Parce que je ne peux plus supporter d'habiter chez lui !

Yseulta se demanda si elle n'avait pas sottement manqué de discrétion et elle jeta un bref regard vers le duc. Il semblait attendre la suite de ses explications.

— Vous ne lui direz rien ? demanda-t-elle d'un ton inquiet. Vous ne me renverrez pas là-bas ?

— Mais non, pourquoi le ferais-je puisque vous ne voulez pas y retourner ! Mais comprenez ma curiosité, comment en êtes-vous arrivée là ? Pourquoi portez-vous cette tenue de deuil ?

— Mon oncle me hait à cause de ce qu'a fait mon père, répondit Yseulta en regardant le duc droit dans les yeux. J'imagine que cela peut se comprendre. (Elle détourna son regard.) J'aurais voulu avoir assez de courage pour le suivre, déclara-t-elle dans un murmure.

— Je me souviens d'avoir vu votre père monter à cheval. C'était un cavalier superbe. Il avait un bon cheval, c'est vrai, mais il le montait avec une telle élégance qu'on aurait dit qu'il lui faisait survoler les obstacles.

Yseulta joignit les mains dans un geste de plaisir. Le duc remarqua que, sans ces affreux gants, elle avait de longues mains blanches et fines, presque aussi expressives que ses yeux.

— C'est merveilleux de vous entendre parler comme cela de mon père. Les autres ne se rappellent que...

Il n'était pas nécessaire qu'elle en dise davantage.

— C'est vrai, reprit le duc, il a commis une faute, mais vous devez l'oublier.

— Comment pourrais-je oublier quand oncle Lionel ne cesse de me répéter que personne ne voudra jamais plus m'adresser la parole, ni me regarder, excepté avec dégoût. (Elle fut prise d'un frisson.) Pourquoi avez-vous été si généreux ? Oncle Lionel espérait que vous vous mettriez en colère après moi et que vous me chasseriez. La voiture m'attendait pour me ramener chez lui avec les laquais qui auraient ri de mon malheur.

Le duc serra les lèvres. Il haïssait la cruauté sous toutes ses formes. Ainsi, le marquis avait espéré qu'il torturerait cette petite créature pathétique, comme lui-même l'avait torturée depuis le suicide de son père. Songeur, il but une gorgée de cognac, puis il déclara :

— J'ai une proposition à vous faire, une proposition raisonnable.

Yseulta le regarda avec appréhension.

— Il n'y a pas de quoi avoir peur, reprit le duc, mais ce ne sera peut-être pas très facile.

— De quoi s'agit-il ? s'enquit Yseulta avec un tremblement dans la voix.

Il comprit qu'elle craignait qu'il ne lui demande de descendre du train au prochain arrêt. Comment le savait-il ? C'était une énigme, mais il était sûr de ne pas se tromper.

— Je vous répète qu'il n'y a pas de quoi avoir

peur, dit-il. Cela peut même vous amuser, si vous faites ce que je vous demanderai.

Il avait l'impression qu'elle ne l'écoutait pas vraiment, mais il continua :

— Puisque la mort de votre père vous a rendue si malheureuse, puisque vous avez été punie pour les fautes qu'il a commises et non pour les vôtres, je veux que pendant le temps où vous serez mon invitée en Ecosse, vous oubliiez complètement le passé et que vous profitiez du présent.

Yseulta le regarda, interloquée. Il vit qu'elle se demandait s'il parlait sérieusement, ou bien, si pour quelque obscure raison qu'elle ignorait, il ne se moquait pas d'elle. Elle paraissait tellement jeune et sans défense, si émouvante dans cette sinistre robe noire qu'il voulut la rassurer sur la sincérité de sa proposition. Cependant, s'il lui donnait davantage d'explications, il craignait que cela ne fasse qu'aggraver son inquiétude.

— Votre oncle est une brute, déclara-t-il d'un ton égal. Et les brutes adorent avoir un souffre-douleur, de préférence fragile et vulnérable, qu'ils passent leur temps à terroriser. Mais maintenant que vous avez échappé à ses griffes, oubliez-le !

— Oui, murmura Yseulta, j'aimerais tellement y parvenir !

— Je ne crois pas que votre idée de disparaître dans la nature dès votre arrivée en Ecosse soit excellente. Vous êtes trop jeune et trop jolie pour ne pas vous attirer d'ennuis.

Il sentit de nouveau la méfiance d'Yseulta. De toute évidence, elle n'avait pas l'habitude des compliments et elle n'était pas sûre qu'il soit sincère.

— J'aimerais beaucoup que vous vous amusiez au bal que donne ma mère, ajouta-t-il vivement. Et, bien sûr, que vous admiriez mon château qu'en toute modestie, je trouve splendide.

— Ma mère m'a souvent parlé des châteaux en Ecosse, et j'ai hâte d'en voir un.

— Eh bien, c'est presque chose faite, répondit le duc dans un sourire. Et je serai très déçu si vous ne me dites pas que le mien est le plus beau de tous. J'ajoute que si vous ne vous amusez pas pendant votre séjour chez moi, je serai très mécontent.

— Vous voulez vraiment que je reste ? demanda Yseulta d'une voix réduite à un souffle. J'ai peur que vos amis ne me trouvent un peu... bizarre.

— Et pourquoi cela ?

Yseulta détourna le regard et le duc se rendit compte que sa question était maladroite.

— Oui, reprit-il, je comprends. Mais vous devez être raisonnable à propos de votre père. Je sais que c'est difficile. Les gens, eux, oublient et vous avez toute la vie devant vous. Rappelez-vous cela : quelle que soit l'erreur qu'on a faite, il est impossible de revenir en arrière. Et cela vaut pour tout le monde.

Il lui sembla que Yseulta se détendait.

— Vous êtes très bon, lui dit-elle. Je sais que vous avez raison, alors, je vais essayer de vous obéir.

Elle eut un petit sourire triste avant d'ajouter :

— Je crains tout de même de paraître un peu étrange pendant cette partie de campagne, une brebis galeuse n'est pas spécialement agréable à côtoyer !

Le duc se raidit sous l'effet de la colère. Chaque

mot qu'Yseulta prononçait révélait trop claire-
ment la façon dont on l'avait maltraitée. Le marquis n'avait cessé de la torturer en lui rappelant
la fraude de son père et son suicide.

— Oubliez cela ! dit-il d'un ton sec. Oubliez
tout ! Faites comme si vous veniez tout juste de
naître, habillée comme une jolie débutante qui
commence sa vie dans un tourbillon de bals, de
réceptions, de soirées et qui s'amuse sans penser
à rien d'autre.

Yseulta rit, c'était un rire délicieux.

— Vous transformez tout en conte de fées !
dit-elle. J'espère qu'il durera... au moins jusqu'à
minuit !

— Si je suis votre bonne fée, plaisanta le duc,
je vous le promets !

— Et moi je veux vous croire. Je vois presque
la citrouille se transformer en carrosse, et les
souris en chevaux magnifiques !

Elle parut soudain se souvenir de la suite de
l'histoire et son regard se perdit dans le vide.

Le duc devina qu'elle pensait qu'avec son
affreuse robe noire, elle ressemblait vraiment à
Cendrillon. Il termina son verre de cognac et dit :

— Excusez-moi, je vais demander à mon ami
Anthony de changer de place avec moi, il faut
que je parle à ma mère.

Il se leva. Yseulta le regarda s'éloigner. Elle
avait l'impression de vivre un rêve. Existait-il
réellement un homme aussi bon, aussi compré-
hensif ? Elle se demanda comment avait réagi
son oncle quand la voiture était rentrée vide. Le
laquais lui avait sans doute raconté qu'on l'avait
cordialement invitée à participer au voyage, que
personne ne l'avait injuriée, ni renvoyée avec

mépris comme il l'espérait. Peut-être lui ordonnerait-il de revenir sur-le-champ ?

S'il faisait cela, elle s'enfuirait et se cacherait, malgré ce que lui avait dit le duc. Il le faudrait. Sa mère appartenait à la lignée des Sinclair, dont la souche se trouvait au cœur des Highlands. Elle découvrirait bien de la famille dans les environs du château. Elle commença à échafauder des plans pour entrer en contact avec l'un ou l'autre de ses parents.

Quelques-uns avaient envoyé leurs condoléances quand sa mère était morte, mais aucun ne s'était déplacé pour l'enterrement. Yseulta ne connaissait personne de sa famille maternelle car sa mère avait cessé toute relation avec eux depuis son mariage. Yseulta n'avait pas gardé les lettres. Elle n'avait jamais demandé où ils vivaient. Elle savait que c'était quelque part en Ecosse. Mais c'est vaste, l'Ecosse.

Elle se réconforta à l'idée que si c'était nécessaire, sa mère lui viendrait en aide ! Elle avait déjà senti sa présence quand elle approchait du train. Elle l'avait aidée à fuir son oncle, elle l'aiderait aussi à ne pas retourner chez lui. Yseulta en était sûre. « Aide-moi, maman chérie ! Aide-moi ! »

Anthony, l'ami du duc, vint s'asseoir à côté d'elle.

— Voilà ! fit-il. Nous avons, la duchesse et moi, décidé le nombre de quadrilles que nous danserons au bal. Vous n'en connaissez aucun, j'imagine ?

— Mais si, au contraire, répliqua Yseulta. Je connais *Strip the Willow*, je sais danser le *Eightsom*, et je me débrouille très bien pour pas mal d'autres, je crois. A moins qu'ils n'aient changé, bien sûr.

Anthony, un bel homme du même âge que le duc, s'exclama :

— Vous me surprenez ! Seriez-vous donc écossaise ?

— Ma mère était une Sinclair, répondit Yseulta. Mais je ne suis encore jamais allée en Ecosse.

— Dans ce cas, puis-je au nom des MacDonald vous souhaiter la bienvenue dans votre patrie ? Et je compte sur vous pour m'aider à initier rapidement les autres demoiselles au quadrille.

— Oh, ne me demandez pas cela, je vous en prie ! Je crains de m'être un peu vantée. En fait, ce sont des souvenirs de fêtes d'enfants. Ma mère adorait cela, et mon père se joignait souvent à nous, avec ses amis.

— Je suis sûr que vous dansez parfaitement le quadrille ! déclara Anthony avec un sourire. Si vous êtes une vraie Ecossaise, vous avez cela dans le sang !

On aurait dit la suite du conte de fées que racontait le duc. Yseulta lui sourit à son tour.

Cependant, le duc parlait à sa mère. D'abord, il lui montra la lettre que le marquis lui avait écrite et elle eut un cri de colère et de dégoût.

— Pouah ! Comment ose-t-il être aussi grossier envers toi ? J'ai toujours pensé que c'était un homme affreux, mais là, cela dépasse les bornes ! Sophie a beau rester discrète à ce sujet, je suis sûre qu'elle n'a pas le bonheur qu'elle mérite.

— Et il a mis toute son énergie à faire le malheur de cette pauvre fille.

— Tu as bien fait de décider de la garder avec

nous. Le marquis a dû être bien dépité de ne pas la voir revenir !

— Il la traite comme un souffre-douleur, et lui fait porter des habits de deuil, sans aucune raison.

La duchesse ouvrit de grands yeux.

— Je n'arrive pas à croire que ce soit vrai !

— « La cruauté des hommes leur survit », énonça le duc, citant Shakespeare.

— Je n'ai jamais rien entendu de si triste ! s'indigna la duchesse.

— Je lui ai dit d'essayer de se distraire comme n'importe quelle débutante, le temps de son séjour au château. Ce qui, ma chère maman, ne sera possible que si vous commencez par lui dénicher un début de garde-robe. Il est hors de question qu'elle assiste au bal, ni même qu'elle passe tout le week-end, dans la tenue où elle est !

— Sois tranquille, je vais lui trouver ce qu'il faut. Mon cher enfant, je n'ai plus qu'à m'excuser auprès de toi d'avoir pu imaginer que lady Sarah soit une épouse pour toi. Je ne pense pas que tu aurais supporté d'avoir un beau-père comme le marquis.

— J'avoue que je me réjouirais de lui dire ma façon de penser ! Malheureusement, il faudrait que je m'abaisse à son niveau. Mère, savez-vous à quoi je pense ? Il faudrait faire tout un battage autour d'Yseulta. Je crois, je suis même certain de ne pas me tromper, que rien ne pourrait contrarier davantage le duc !

— Oui, je suis très bien ton idée. Mais tout de même, mon cher enfant, il faut que tu t'occupes aussi des deux autres jeunes filles. As-tu parlé avec Beryl Wood ?

— Oh, Beryl Wood ? S'il y a quelque chose

d'évident, c'est justement qu'elle ne veut pas me parler !

La duchesse posa sur son fils un regard étonné.

— Pourquoi dis-tu cela ?

— Depuis le départ du train, elle n'a pas arrêté de bouder ! Et quand je me suis approché d'elle pour bavarder un peu, elle m'a demandé de la laisser tranquille. Sur ce, elle est partie s'asseoir à l'autre bout du wagon et elle a fermé les yeux ! (Il vit le trouble de sa mère et il ajouta :) « Allons, mère, ce n'est pas grave. Elle se déridera peut-être quand nous serons au château. Et puis, je n'ai pas encore tenté ma chance avec lady Deborah.

— Le comte ferait un beau-père plus agréable que le marquis, c'est incontestable !

— Un beau-père qui nous coûterait cher, c'est incontestable également, répliqua le duc. Quand il a vu la fille remonter le quai, Perry m'a appris que Fernhurst naviguait en eaux profondes.

— Que veux-tu dire ? Qu'il a des dettes ?

— Un océan de dettes ! m'a dit Perry.

La duchesse soupira.

— Décidément, tout va de travers. Mais nous avons samedi, dimanche et lundi devant nous. Tu as le temps de prendre une décision.

— Il n'y a vraiment pas d'autre solution ? s'enquit le duc d'un ton plein d'espoir.

— Si, retourner à Londres et affronter George Wallington.

Inutile de préciser que c'était impossible. Le duc songea qu'à cette heure, George Wallington avait dû traverser la Manche et débarquer à Douvres. Hermione avait sans doute la même pensée en tête. Peut-être était-elle en train de pleurer de désespoir parce qu'il l'avait abandonnée, la laissant seule face à son mari. Il pensa avec hargne que s'il était un homme ordinaire, sans responsabilités, il ferait arrêter le train et retournerait à Londres immédiatement. Alors, ils seraient deux pour faire front à George Wallington et ils se moqueraient bien de ses menaces !

Mais trop de gens pâtiraient de cette chevaleresque attitude : Hermione, sa mère, le clan entier des MacVegon, sans compter lui-même. Or, le plus important, c'était le clan. Etant leur chef, il avait des responsabilités qu'un Anglais aurait du mal à comprendre.

En Ecosse, le chef de clan est un berger, un père, et surtout un guide. Les membres du clan le considèrent comme leur roi. Ils attendent de lui qu'il les dirige, qu'il les aide, qu'il les protège. Comment, dans ces conditions, avait-il le droit de les abandonner à la merci de son oncle, cet homme stupide sans héritier mâle ?

Certes, en Ecosse, une fille pouvait hériter le titre de son père s'il n'y avait pas de fils. Le titre lui-même n'avait pas une importance particulière. Mais le duc n'avait pas le souvenir qu'un clan ait jamais eu une femme à sa tête.

Donc, il était contraint de par sa naissance à faire son devoir, aussi pénible, aussi coûteux fût-il.

Coûteux, non pas en argent, mais en espoir de bonheur.

Comme s'il savait que sa mère devinait ses sombres pensées, il posa la main sur les siennes.

Puis, sans rien dire, il se leva. Il fit signe à Hugo de lui laisser la place et alla s'asseoir près de Deborah.

5

Le voyage en Ecosse offrait tout le confort possible. Le train privé s'arrêta tôt dans la soirée sur une voie de garage pour que les passagers puissent dormir. Il ne repartit que le lendemain de bonne heure, après le petit déjeuner.

Le paysage avait changé ce matin-là. Frémissante de curiosité, Yseulta s'installa près d'une fenêtre. La traversée du Perthshire avec ses hautes montagnes et ses rivières qui serpentaient au fond de vallées profondes, lui fit penser qu'il ne devait rien exister de plus beau.

Après un délicieux déjeuner, alors que l'après-midi s'étirait, le train s'arrêta dans une petite gare qui, expliqua-t-on à Yseulta, avait été construite par le père du duc à l'entrée du parc qui entourait le château familial. Néanmoins, des voitures attendaient les passagers car le chemin qui y menait était bien trop long pour être parcouru à pied après plus d'une journée de voyage.

Au loin, le château hérissé de tourelles se profilait contre le ciel. Un étendard aux armes des MacVegon flottait au sommet de la plus haute tour.

Yseulta l'avait déjà aperçu depuis le train, surplombant la mer. Construit en granit gris clair, il ressemblait aux châteaux des contes de fées de son enfance.

Assise dans la voiture aux côtés de lady Beryl et de lady Deborah, le duc, Hugo et Anthony en face d'elles, Yseulta avait une telle expression de joie que le duc ne put retenir un sourire.

— Alors, lui dit-il, que pensez-vous de mon château ?

— J'ai peur qu'il ne disparaisse avant que j'aie pu y entrer ! répondit Yseulta avec ravissement.

Le duc rit. Mais alors que lady Deborah exprimait avec enthousiasme son admiration, lady Beryl restait silencieuse. Elle avait à peine prononcé quelques mots pendant le voyage en train. Yseulta avait cru remarquer que chaque fois que le duc s'approchait d'elle ou lui parlait, elle semblait se refermer davantage.

Bien sûr, elle ignorait que la duchesse avait repéré ce manège et qu'elle avait demandé à Janet, sa femme de chambre :

— Savez-vous ce qui se passe avec lady Beryl ? J'espère qu'elle n'est pas en train de couver une maladie !

Comme elle l'avait prévu, Janet avait la réponse :

— Non, Votre Grâce, elle n'est pas malade. Le problème, c'est qu'elle ne voulait pas venir en Ecosse, et qu'elle a rudement peur qu'on lui demande d'y rester.

Devant le regard interrogateur de la duchesse, Janet continua :

— J'ai parlé avec sa femme de chambre, et elle m'a raconté qu'il y avait eu un sacré remue-ménage quand on a dit à lady Beryl que vous l'aviez invitée.

— Comment cela ? Je ne comprends pas.

— Voyez-vous, Votre Grâce, lady Beryl est amoureuse, et elle espérait se marier à l'automne.

— Dieu du ciel ! s'exclama la duchesse. Personne ne m'a rien dit ! Mais alors, pourquoi n'a-t-elle pas refusé de venir ?

— C'est bien ce que lady Beryl voulait, mais son père était tellement content qu'elle devienne duchesse !

Il y eut un silence, puis la duchesse demanda :

— Si je comprends bien, le duc de Charnwood a deviné le motif de l'invitation ?

— Naturellement, Votre Grâce. Tout le monde ne parlait que de ça à l'office. Ils disaient que se marier était le seul moyen pour monsieur le duc d'éviter un scandale ! Ou alors, partir à l'étranger !

Il y avait bien longtemps que la duchesse ne s'étonnait plus de tout ce que savaient les domestiques — souvent, avant même qu'on en parle au dîner ! Janet était une commère incorrigible et la duchesse n'ignorait pas que les femmes de chambre bavardent entre elles. Bien peu de choses se passaient dans les beaux quartiers sans qu'elles le sachent.

Elle soupira sans rien dire. Puisqu'il fallait que ce mariage ait lieu, il ne restait plus que lady Deborah. Elle était jolie, et comme la duchesse l'avait toujours pensé, elle ferait une épouse parfaite pour Kenyon. Seulement, il était fort difficile à satisfaire, et avec son goût pour les femmes plutôt sophistiquées, elle craignait qu'il ne s'irrite rapidement de cette façon qu'avait Deborah de glousser pour un oui, pour un non.

« Quelle sotte j'ai été, se dit-elle, de ne pas mener ma petite enquête sur les amours de Beryl avant de l'inviter au château ! »

Elle s'était figuré que Beryl, Deborah et Sarah, étant toutes trois débutantes, n'avaient pas eu le temps de tomber amoureuses et qu'elles ne pourraient évidemment pas résister au duc. Mais que faire, maintenant ? Elle avait déjà tout organisé pour que les trois jeunes filles, le duc et deux de ses amis viennent ensemble au château.

Les chevaux remontaient au pas la large allée bordée de pelouse. Le château était entouré de bois de pins qui laissaient entrevoir la mer.

Dans le lointain, la lande couverte de bruyère rehaussait l'aspect féerique du château. Yseulta n'en avait jamais imaginé de si beau quand sa mère lui parlait de l'Ecosse.

Maintenant qu'ils approchaient de leur but, on entendait résonner des cornemuses. Deborah se boucha les oreilles, Beryl afficha son indifférence, mais Yseulta sentit une étrange excitation s'emparer d'elle.

— Les cornemuses ! s'exclama-t-elle dans un souffle.

Le duc se pencha vers elle.

— Ce sont les cornemuses du clan. Ils jouent pour moi l'aubade de bienvenue à leur chef. Je m'en veux de ne pas avoir revêtu mon kilt, c'est une fâcheuse négligence.

— Oh, comme j'aimerais vous voir avec, vous devez être magnifique ! s'exclama Yseulta.

Le duc comprit que ce n'était pas une flatterie de sa part, un flirt de femme plus expérimentée. Elle éprouvait une joie sincère, à la manière d'un enfant qui découvre un monde nouveau avec enchantement. Cela faisait partie du conte de fées qu'il inventait pour elle.

Un maître d'hôtel arborant le kilt taillé dans le tartan des MacVegon les attendait sur le perron. Il fit entrer les invités et les précéda dans le large escalier aux murs ornés de ramures de cerfs qui menait au premier étage, à un vaste et riche salon donnant sur la baie.

Au pied du château, s'étendait un jardin que des massifs fleuris semaient de taches multicolores. Au-delà du muret qui le bordait, la lande sauvage courait jusqu'aux rochers où venaient se briser les vagues de la mer du Nord.

La beauté du paysage, la splendeur du salon laissèrent Yseulta sans voix. Aucune parole n'aurait pu traduire ses sentiments.

Comme s'il avait deviné son émotion, le duc s'approcha d'elle et lui expliqua qu'autrefois, le château n'avait été qu'une forteresse édifiée pour lutter contre l'invasion des Danois. Par la suite, les chefs de clan qui s'étaient succédé l'avaient agrandi. Puis, un incendie l'avait ravagé à la fin du XVIIIe siècle, et il ne restait plus que la tour de l'édifice primitif.

— C'est mon grand-père qui l'a reconstruit tel qu'il est aujourd'hui. Et j'aime à croire que c'est un des plus beaux châteaux d'Ecosse.

— Je ne peux en imaginer de plus splendide ! s'écria Yseulta.

Puis elle resta silencieuse, attentive au son des cornemuses qui parvenait de l'extérieur du château.

La duchesse entreprit de montrer leur chambre à ses hôtes. Celles des jeunes filles étaient voisines les unes des autres. La dernière jouxtait une des tourelles. Le mur extérieur était incurvé. Ce fut celle-là que la duchesse donna à Yseulta.

— Je crois que vous serez bien ici, ma chère. Tout le monde apprécie cette chambre avec la vue sur la mer.

— Jamais je ne pourrai vous remercier assez de votre gentillesse, dit Yseulta qui ajouta au moment où la duchesse allait sortir : Votre Grâce, puis-je vous dire quelque chose ?

— Bien entendu, ma chère. Je vous écoute...

— Voilà, je sais qu'il va y avoir un bal mais... je suis sûre que vous comprendrez qu'il vaudrait mieux que je n'y assiste pas.

Elle avait parlé d'un ton hésitant et la duchesse la regarda d'un air surpris avant de déclarer :

— Voyons, mon enfant, on m'a dit que vous saviez danser le quadrille, alors je compte sur vous, naturellement !

Yseulta était manifestement mal à l'aise.

— Mais, je ne peux pas danser dans cette robe de deuil. Je n'ai rien d'autre à mettre. C'est celle que je portais quand ma mère est morte, et c'est un souvenir tellement triste.

Elle avait énoncé cela comme si elle s'excusait et la duchesse comprit combien cette confidence lui avait été pénible. Elle referma la porte et s'approcha de la jeune fille.

— Ecoutez, Yseulta. Il faut que vous sachiez que mon fils m'a montré la lettre que votre oncle lui a écrite. Je dois vous avouer que je suis étonnée et choquée qu'un homme, et en particulier un parent, vous traite de cette façon honteuse !

Voyant qu'Yseulta l'écoutait avec attention, elle continua :

— Vous assisterez au bal, j'insiste. Nous n'avons guère de temps devant nous, mais je suis sûre que nous en avons suffisamment pour vous trouver une jolie robe ! (Elle vit le visage d'Yseulta se transformer.) Et je me charge aussi de vous dénicher une tenue plus appropriée pour aller marcher dans la lande, et je l'espère, participer à la partie de pêche au saumon.

Les larmes brillèrent dans les yeux d'Yseulta.

— C'est vrai ? demanda-t-elle. Je ne voudrais pas vous déranger. Je sais que je dois être affreuse à voir.

La duchesse sourit.

— Vous avez un visage ravissant, mon enfant. Et cela, rien ne peut l'abîmer.

C'était la première parole affectueuse qu'Yseulta entendait depuis deux ans et les larmes se mirent à ruisseler sur ses joues.

— Je ne sais pas comment vous remercier, dit-elle d'une voix étouffée par les sanglots qu'elle retenait.

— Alors, n'essayez pas. Laissez-moi m'occuper de tout. Je vais de ce pas demander à notre gouvernante de vous trouver ce qu'il vous faut.

La duchesse sortit dans le couloir où elle croisa le valet qui apportait la sacoche d'Yseulta. Une servante le suivait pour ranger les affaires.

La duchesse se dirigea vers sa chambre, mais en chemin elle rencontra le duc.

— Ah, vous voilà, mère ! Je vous cherchais, justement. Le thé est servi dans le petit salon.

— J'arrive tout de suite. Je dois d'abord parler à Mrs Ross.

Mrs Ross était la gouvernante, et le duc allait dire que Mrs Ross pouvait attendre quand la duchesse déclara :

— Il faut absolument qu'on trouve quelque chose de convenable pour habiller cette pauvre enfant. Il y a deux ans qu'on ne lui a rien acheté de neuf, auriez-vous imaginé une chose aussi cruelle ?

— J'aimerais bien aller dire au marquis ma façon de penser ! répliqua le duc avec colère.

— Et moi aussi, enchaîna la duchesse. Mais le simple fait que tu n'aies pas renvoyé Yseulta comme il s'y attendait doit déjà lui donner à réfléchir, j'imagine.

Sans laisser à son fils le temps de répondre, elle partit d'un pas pressé vers sa chambre où, ainsi qu'elle l'avait prévu, elle trouva Mrs Ross en train de vérifier que tout était en ordre. Il y avait bientôt quarante ans que Mrs Ross était gouvernante au château.

— Eh bien, madame Ross, comment allez-vous ? demanda la duchesse en allant vers elle la main tendue.

— Très bien, puisque vous voilà parmi nous, madame, répondit Mrs Ross avec une révérence.

— Je veux que vous me trouviez très vite des vêtements pour miss Yseulta Corde. Elle n'a rien de convenable à se mettre et je suis sûre qu'il y a ce qu'il faut pour elle dans ma garde-robe.

Sans tenir compte du mouvement de surprise de Mrs Ross, la duchesse continua :

— Elle est très menue, il faudra sans doute faire quelques retouches. Avant tout, elle a besoin d'une jolie robe pour le bal.

Elle songea que ce problème ne serait pas facile à résoudre parce que ce qui convenait à une jeune fille de l'âge de Yseulta c'était une robe blanche. Or, elle-même ne possédait que des robes de couleurs sombres, ou bien gorge-de-pigeon, cette subtile nuance grise qui seyait si bien à la princesse Alexandra.

— Laissez-moi faire, Votre Grâce, déclara Mrs Ross que cette tâche réjouissait visiblement. J'ai gardé les robes en tartan que Votre Grâce a portées la première fois qu'elle est venue au château, il y a trente-cinq ans ! Et aussi quelques jolies robes que j'ai mises de côté au cas où elle pourraient servir un jour.

La duchesse rit.

— Ah, madame Ross ! Je vous reconnais bien là ! Vous êtes une femme de ressources, j'aurais dû m'en souvenir ! Voulez-vous vous occuper de cela avec miss Corde ? Le duc m'attend au petit salon pour servir le thé.

Après un silence, elle décida :

— Et puis, je vous en prie, jetez ces affreux habits noirs qu'elle porte depuis deux ans ! Ils ne sont bons qu'à mettre à la poubelle !

Yseulta eut l'impression que Mrs Ross avait agité une baguette magique, ce qui était en accord avec tout le reste dans le château. Elle manqua le thé dans le petit salon, mais on lui apporta un plateau dans sa chambre.

Elle mangea de bon appétit pendant que Mrs Ross, assistée de deux servantes, apportait dans la pièce une quantité de sous-vêtements, jupes, corsages, robes et manteaux qu'elle avait sortis d'une « caverne d'Ali Baba » dissimulée quelque part dans un coin du château.

Certaines robes étaient à couper le souffle. Ainsi que l'avait dit Mrs Ross à la duchesse, elle avait accumulé année après année ce que sa maîtresse ne portait plus. Les robes du trousseau qui dataient du mariage de la duchesse avec le duc, troisième du titre, étaient encore magnifiques.

C'était un des couturiers les plus prestigieux de Londres qui les avait taillées dans des tissus splendides. Satins, velours, brocarts avaient gardé leur fraîcheur grâce aux bons soins de Mrs Ross. Les riches parents de la duchesse n'avaient pas regardé à la dépense pour le trousseau de leur fille et le duc, qui adorait sa femme, l'avait emmenée à Paris où il lui avait offert des créations de Worth, le célèbre couturier dont les modèles d'un raffinement inégalé enchantèrent le monde pendant de nombreuses années.

Au château, il y avait deux couturières assez habiles pour transformer une robe à crinoline, ou une lourde robe à bustier, en une tenue plus au goût du jour. C'était plus facile d'enlever du tissu que d'en rajouter, disaient-elles.

Quand Yseulta essaya une robe, puis une autre, elles lui montrèrent comment, en supprimant un bustier ou une crinoline, le tissu retrouvait sa souplesse, ce qui donnait une note moderne à la tenue. En fait, elle serait habillée aussi bien — sinon mieux — que les autres jeunes filles.

Les couturières travaillaient à une vitesse stupéfiante ; cependant, la robe que portait Yseulta ce soir-là au salon n'était encore que bâtie sur elle. Néanmoins, quand elle vit son reflet dans le miroir, elle eut peine à croire que c'était le sien.

C'était une robe en satin d'un bleu délicat, qui s'ajustait aux fines courbes de sa silhouette. Les couturières avaient retaillé le décolleté du corsage de façon à lui dégager un peu les épaules. Elle n'aurait pas osé porter un décolleté trop audacieux. C'était une robe qui tranchait par sa simplicité sur celles des autres jeunes filles. Elle mettait en valeur son port de tête gracieux et la nuance du bleu rehaussait l'étrange pâleur de sa chevelure.

Cette pâleur rappela au duc la couleur de l'aube naissante. Puis ses pensées s'enchaînèrent sur la raison pour laquelle il avait souvent vu l'aube ces derniers temps. Par un effort de volonté, il écarta Hermione de sa mémoire.

La veille, dans le train, quand il s'était couché,

il avait songé avec une certaine tristesse qu'il serait plus sage de ne jamais la revoir, ou tout au moins pendant un long moment. S'ils se rencontraient en public, il était sûr qu'elle le regarderait d'une façon pour le moins révélatrice.

Quand il retournerait à Londres, tout le monde serait à l'affût du moindre signe d'intimité entre eux chaque fois qu'on les verrait ensemble. Il devrait rester en Ecosse, pensa-t-il. A cette époque de l'année, c'était plutôt un plaisir : c'était la saison de la pêche. Dans un mois, ce serait celle de la chasse à la grouse. Il se demanda comment il supporterait la vie au château une fois tous les invités partis. Peut-être s'y plairait-il... Mais tout de même, son haras des environs de Londres et le spectacle de ses chevaux à Newmarket lui manqueraient.

Cette situation était décidément insoutenable !

Soudain il lui vint à l'esprit qu'elle allait devenir pire encore : maintenant, il allait devoir se soucier d'une femme, par-dessus le marché ! Il vit passer devant ses yeux l'image de la brune Beryl Wood avec son visage maussade, il entendit le rire intempestif de Deborah Hurst. Puis il vit Hermione lui tendre ses lèvres et sentit la douceur de son corps contre le sien. Comment allait-il supporter cela, se demanda-t-il.

Il n'y avait pas de réponse.

Quand le train s'ébranla le lendemain matin, il savait que chaque tour de roue l'éloignait davantage de la vie qu'il aimait.

Nul doute que les invités à la partie de campagne avaient été surpris par l'apparence d'Yseulta. A King's Cross ils avaient trouvé étrange que cette jeune femme qui paraissait en deuil se joigne à eux pour participer à des festivités. Mais, par délicatesse, personne ne lui avait posé de questions.

De son côté, la duchesse avait préféré taire à ses amis la façon répugnante dont le marquis avait insulté son fils.

Quand Yseulta, nerveuse et intimidée, franchit la porte du salon, le silence se fit soudain.

Perry qui, tout comme le duc, portait le kilt, s'exclama :

— Seigneur ! On dirait que vous arrivez d'un autre monde !

Yseulta lui répondit par un rire léger qui brisa la tension.

— J'avoue que c'est un peu mon impression, dit-elle. Comme si on m'avait transportée à travers les airs sur une autre planète !

— Ma foi, badina un des amis de la duchesse, si vous venez d'une autre planète, ce ne peut être que Vénus !

Un rire parcourut l'assistance pendant qu'un valet venait proposer à Yseulta une coupe de champagne qu'elle refusa. Le duc en prit une et la lui tendit.

— Prenez, dit-il. C'est votre première visite en Ecosse, vous devez porter un toast à un peuple dont le sang coule dans vos veines.

— Dans ces conditions, j'accepte avec plaisir, dit Yseulta.

Le duc leva son verre.

— Alors, à l'Ecosse ! Puissiez-vous toujours être fière d'être écossaise !

— Je... J'en suis très fière, balbutia Yseulta. Et aussi très émue !

C'était visible, pensa le duc. Il l'observa qui

contemplait les murs de l'immense salon. Entre les portraits de la lignée de ducs qui avaient vécu au château, étaient accrochées des ramures de cerfs, trophées de décennies de parties de chasse.

Comme c'était la coutume quand la fin d'un repas approchait, les cornemuseurs vinrent jouer de la musique en faisant le tour de la table.

Le duc vit le regard d'Yseulta s'illuminer de plaisir. Elle serra les mains et resta immobile à écouter les musiciens. Le duc en fut attendri.

Par contre, Deborah se boucha les oreilles, comme la première fois, tandis que Beryl disait d'une voix assez forte pour que tout le monde l'entende :

— Je déteste le son de la cornemuse ! On a beau dire que c'est de la musique, moi je trouve que ce n'est rien d'autre qu'un vacarme barbare !

A la fin du dîner, les amis de la duchesse s'installèrent à la table de bridge. Quelqu'un proposa que les plus jeunes jouent aux cartes tous ensemble.

La duchesse crut discerner un sourire quelque peu moqueur sur les lèvres de son fils, mais il ne refusa pas de se joindre aux autres. Ils entamèrent une partie de whist plutôt animée, si bien que lady Beryl elle-même en oublia sa morosité.

Yseulta ne fut pas longue à comprendre les règles du jeu. Elle se révéla une joueuse vive, astucieuse, et finit par gagner la partie. A l'un de ses partenaires qui la félicitait, elle répondit avec modestie qu'elle avait eu de la chance.

Hugo quitta la table pour se servir à boire. Yseulta ne put résister à l'envie d'aller vers la fenêtre et d'écarter le rideau pour regarder la nuit. Le ciel était rempli d'étoiles, et la lune naissante commençait à se refléter sur la mer.

Elle eut l'impression que toute cette douceur tranquille gonflait son cœur de bonheur. Elle avait oublié ce sentiment depuis bien longtemps, des années, lui sembla-t-il. Certes, l'absence de son oncle avec ses cris et ses coups incessants était en soi un soulagement. Mais il lui semblait s'immerger dans la beauté du paysage. Comme si sa mère la prenait dans ses bras, la protégeait, rien ne pouvait plus la faire trembler ni pleurer.

— J'étais sûr que cela vous plairait, dit une voix profonde derrière elle.

C'était le duc. Elle continua de regarder par la fenêtre.

— Je pensais, dit-elle, que ce paysage est si beau, qu'il me rend si heureuse, que je ne suis peut-être plus sur la terre...

Le duc garda le silence un moment. Puis il dit :

— Nous recherchons tous le bonheur, c'est évident. Mais cela a un sens différent pour chacun d'entre nous.

— Oui, bien sûr. Je crois que le bonheur que nous cherchons est une chose élevée que rien ni personne ne peut abîmer.

Le duc devinait sa sincérité. Il prit le temps de réfléchir avant de lui répondre :

— Vous avez raison. Peut-être avons-nous trop tendance à remettre ce que nous appelons notre bonheur, entre les mains des autres alors qu'il ne devrait dépendre que de nous-mêmes.

Yseulta sourit.

— Oui, c'est exactement ce que je pensais. Quelque chose que personne ne pourra jamais me prendre. Comme cela par exemple...

Elle engloba d'un geste la mer, le ciel, les étoiles et la lune. Le duc comprit exactement ce qu'elle essayait de formuler et comme s'il se parlait à lui-même, il murmura :

— Mais cela peut aussi donner le sentiment d'une grande solitude.

— C'est juste. C'est pour cette raison que mon père n'a plus supporté de vivre quand ma mère est morte.

C'était la première fois depuis longtemps qu'elle évoquait le souvenir de ses parents. Les mots avaient coulé sans effort de sa bouche.

— Ils s'aimaient donc tellement ? demanda le duc.

— Chacun était une partie de l'autre. Quand ma mère a disparu, mon père a perdu la moitié de lui-même.

Elle n'avait pas cherché à dissimuler son émotion. Soudain, comme si elle se rendait compte qu'elle parlait d'une façon trop intime à un étranger, elle lui demanda avec un petit sourire d'excuse :

— Voulez-vous que nous retournions à la table de jeu ?

— Rien ne presse... Un soir, quand tout le monde sera reposé du voyage, je vous conduirai en haut de la tour d'où les soldats de la garde privée de mes ancêtres guettaient l'arrivée des envahisseurs dans leurs drakkars.

— Les Vikings ?

— Oui, les Vikings. Je pense que c'est grâce à eux, si je puis dire, que vous et moi avons les cheveux blonds alors que les gens d'ici sont surtout bruns ou roux.

Yseulta rit.

— Je n'avais encore jamais pensé à cela ! C'est une idée très romanesque. On vous a souvent dit que vous aviez l'air d'un Viking, je suppose ?

Le duc songea que les femmes qui l'avaient aimé l'avaient surtout comparé à un dieu grec. La plupart d'entre elles connaissaient si peu de choses à propos de l'Ecosse qu'elles n'imaginaient même pas l'existence dans le passé d'invasions vikings à l'époque où les populations dispersées n'avaient pas les moyens de résister.

Il allait lui raconter qu'il était certain qu'un vaisseau viking était enterré dans le bois de pins près de la plage, quand Hugo vint les interrompre.

— Deborah aimerait faire une autre partie de whist avant de se coucher. Vous joindrez-vous à nous ?

— Bien sûr, fit le duc. Nous arrivons.

Il se dirigea vers la table de jeu tandis qu'Yseulta jetait un dernier regard à la beauté de la nuit.

« C'est à moi, se dit-elle. Et quoi qu'il arrive dans l'avenir, personne ne pourra me le prendre. »

Le lendemain était un dimanche. La servante qui vint réveiller Yseulta l'informa que la duchesse se rendrait à l'église à dix heures et qu'elle comprendrait que ses invités, s'ils étaient trop fatigués, ne l'accompagnent pas.

— Mais si, je désire y aller, dit Yseulta.

Mrs Ross lui prépara prestement une très jolie robe couleur bois de rose avec un large châle assorti au cas où il ferait frais, et une ravissante capeline en paille tressée, entourée d'un ruban vert pâle dont les bouts flottaient librement et dans lequel étaient piquées quelques églantines roses et blanches.

Elle descendit prendre son petit déjeuner dans une pièce qu'elle n'avait pas encore vue, où le soleil matinal entrait à flots.

Seuls, la duchesse et le duc étaient présents. Ils parurent surpris de la voir.

— Que vous êtes matinale, ma chère ! dit la duchesse. J'avais proposé que nos invités prennent leur petit déjeuner dans leur chambre pour qu'ils se reposent du voyage.

— Je ne suis pas du tout fatiguée, répondit Yseulta, et si je ne vous dérange pas, je serais heureuse de vous accompagner à l'église.

— Mais ce sera avec grand plaisir, naturellement, déclara la duchesse. Vous trouverez sans doute que l'office est un peu différent de celui que vous suivez d'habitude.

Yseulta hésita avant de dire :

— Oncle Lionel ne m'a jamais autorisée à aller à l'église depuis que j'habite chez lui.

— Et pourquoi donc ? demanda étourdiment le duc.

Puis il se rappela ce que le duc pensait de sa nièce, et la raison pour laquelle il lui interdisait de paraître en public. Conscient de sa maladresse, il se leva et, contrairement à la coutume qui veut que dans les grandes demeures les invités se servent eux-mêmes, il vint la rejoindre à côté de la desserte où étaient préparés les mets dans des plats en argent, pour la servir lui-même.

Quand ils revinrent s'asseoir, Yseulta constata que le duc se contentait de porridge dans un bol en bois cerclé d'argent.

— Je me souviens, dit-elle au bout d'un moment, ma mère me racontait que les Ecossais mangeaient toujours leur porridge debout.

Le duc rit.

— C'était pour être prêts à riposter en cas d'attaque soudaine d'un clan adverse ! Mais il me semble que pour l'instant, je suis en sécurité dans mon château.

— Je l'espère ! dit Yseulta. Ce serait terrible si les MacGregor, les MacDonald ou les MacKenzie venaient vous assiéger !

— Je ne me sens pas le moins du monde en danger ! D'abord vous êtes là, vous et maman, pour me protéger !

— Cesse de dire des sottises ! intervint sa mère d'un ton amusé. Nous allons être en retard à l'église ! N'oublie pas que le pasteur compte sur toi pour lire au pupitre la leçon du jour.

— J'espère qu'il ne va pas se lancer dans un prêche interminable pour me faire honneur !

La duchesse sourit.

— Tu lui as déjà recommandé d'être bref, la dernière fois. Alors je crois que nous aurons droit à un sermon d'une petite demi-heure, c'est tout !

Sa taquinerie fit grogner le duc.

— Une demi-heure ! Je vous préviens, plus de dix minutes et je m'endors !

Ils descendirent les marches en bas desquelles les attendait une calèche.

Le duc avait grande allure avec son kilt orné de la traditionnelle bourse en cuir maintenue par la ceinture. La veille, pour le dîner, il avait déjà revêtu la tenue du chef de clan et Yseulta était restée rêveuse devant une telle prestance. Aucun homme ne lui avait jamais paru plus beau.

Bâtie en granit gris, l'église était petite et paraissait très ancienne. Le pasteur en chasuble noire vint à la rencontre du duc et l'escorta jusqu'au banc familial.

Yseulta s'assit et observa l'assemblée. C'était

très intéressant. La majorité des fidèles appartenait, selon toute vraisemblance, au clan MacVegon. Il y avait là des hommes âgés avec de
longues barbes, et des jeunes gens vigoureux, des
guides et des chasseurs, certainement. Au dernier rang, elle vit des hommes avec des chiens
couchés à leurs pieds, des bergers, sans doute. Et
puis, il y avait les enfants, portant aussi le kilt
taillé dans le tartan du clan MacVegon, et les
femmes, en robes sombres.

L'assemblée chanta les hymnes avec la conviction de la foi. Personne ne se référait à son livre
de chant. Yseulta se dit que de toute façon, la
plupart des fidèles ne devaient pas savoir lire.

Le sermon la passionna. Le pasteur y parla des
Highlands Clearances, c'est-à-dire l'exode ou la
déportation vers les villes ou les colonies des
populations chassées par les grands propriétaires
terriens qui voulaient développer l'élevage du
mouton sur d'immenses espaces. Le souvenir de
cette période de misère était encore si vif que le
pasteur s'exprimait comme si elle continuait,
alors que tout était terminé depuis une cinquantaine d'années.

A la fin du service, le duc se leva et sortit le
premier de l'église. Puis, quand tout le monde fut
dehors, les anciens s'approchèrent pour lui parler avec respect. Il leur demanda où en étaient
les nouvelles couvées de grouses, et si beaucoup
d'agneaux étaient nés cette année.

Alors qu'ils reprenaient place dans la voiture
pour revenir au château, la duchesse remarqua :

— Vous avez fait sensation, ma chère Yseulta !
Tout le monde est venu pour vous voir. Il y a
deux semaines, j'étais presque seule pour suivre
l'office.

— Une chance que je n'aie pas piqué un somme, alors ! plaisanta le duc.

La route du château traversait la lande que la bruyère en fleur colorait de larges taches d'un mauve lumineux.

— Pensez-vous que je pourrais aller marcher dans les collines ? demanda Yseulta. Je ne voudrais pas déranger les nichées de jeunes oiseaux !

— Non, non, vous ne les dérangerez pas ! dit le duc en riant. D'ailleurs, si vous le permettez, je vous accompagnerai, j'ai moi aussi envie d'une promenade dans la nature. Nous irons voir la cascade, si vous voulez, c'est une de mes promenades favorites.

— Oh oui ! Cela me ferait très plaisir !

— Cela ferait sans doute plaisir aux autres aussi, intervint la duchesse. Surtout à Deborah qui n'est jamais venue en Ecosse.

L'espace d'un instant, Yseulta souhaita y aller seule avec le duc. Mais c'était présomptueux de sa part, se réprimanda-t-elle. Bien sûr, il préférerait que tout le monde l'accompagne. Mais elle avait le pressentiment qu'entre les rires incessants de Deborah, les facéties de Perry et d'Hugo, elle serait privée de l'émotion qu'elle avait éprouvée la veille devant la beauté de la nature. Le silence de la lande, troublé seulement par le chant des oiseaux, devait être sublime. Elle avait hâte de voir la cascade dévaler le flanc de la colline et courir sur les rochers jusqu'à la mer.

Au sortir d'un tournant, elle vit le château surgir devant ses yeux et sentit l'exaltation la gagner à l'idée des innombrables merveilles que recelait ce pays de conte de fées et qu'elle avait encore à découvrir. Chaque minute apportait une expérience nouvelle, une expérience qu'elle ne revivrait peut-être jamais plus.

« Oh, mon Dieu, pria-t-elle silencieusement, faites que le temps ne s'écoule pas trop vite ! »

Elle avait la terrible impression d'être emportée par le courant d'un torrent. Il fallait qu'elle prenne vite une décision. Allait-elle retourner en Angleterre, ou s'enfuir vers l'inconnu ?

6

En parcourant les sentiers qui serpentaient à travers la lande, Yseulta se sentait dans un état d'euphorie qu'elle devait, pensait-elle, à ses origines écossaises.

Sa mère lui avait si souvent décrit la beauté des landes couvertes de bruyère mauve, la lumière qui n'existait nulle part ailleurs qu'en Ecosse. Maintenant, elle voyait cela de ses propres yeux, et elle en ressentait une joie d'une pureté absolue.

Après le déjeuner égayé par une conversation où les convives s'étaient montrés particulièrement spirituels, la duchesse annonça qu'elle désirait se retirer dans ses appartements pour prendre quelque repos et proposa que chacun fasse ce qui lui plairait de son après-midi.

— N'oubliez pas que nous sommes en Ecosse, ajouta-t-elle. Les anciens du clan sont très stricts sur le respect du jour du Seigneur, ici. Observer le repos dominical est une preuve de bienséance.

Elle avait dit cela avec un sourire amusé, mais Yseulta comprit qu'elle les avertissait de ne pas manquer à la coutume. Sa mère lui avait parlé de la piété des Ecossais et elle l'avait constatée à l'église.

Yseulta ne put s'empêcher de ressentir une joie intense quand personne n'eut envie d'aller se promener, excepté le duc.

Lady Beryl avait déclaré aussitôt qu'elle avait du courrier à écrire, et la duchesse aurait volontiers parié sur l'identité du destinataire.

Lady Deborah eut un regard éloquent quand Hugo dit :

— Ma chère, je vous ai promis une sortie en bateau. La mer est calme aujourd'hui, profitons-en ! Vous n'aurez pas le mal de mer, comme ça.

— Mais je n'ai jamais le mal de mer ! s'indigna lady Deborah avant de s'apercevoir qu'encore une fois, il la taquinait.

Les plus âgés décidèrent d'aller s'installer au soleil dans le jardin.

Le duc et Yseulta partirent donc seuls. Ils ne se rendirent pas compte que la duchesse les observait d'un air soucieux tandis qu'ils s'éloignaient.

Ils avançaient d'un bon pas et il ne leur fallut que quelques minutes pour franchir la grille du parc et atteindre la lande. Le chemin se mit à grimper. Il n'y eut plus que le cri d'un coq de bruyère effrayé à leur approche et qui s'enfuit en zigzaguant sous les fougères, pour troubler le silence.

Après une ascension assez longue, le duc s'arrêta et dit à Yseulta :

— Maintenant, retournez-vous !

Yseulta obéit. En bas, pointaient les tours du château au milieu du parc et, au-delà, la mer bleue s'étendait jusqu'à se perdre dans l'horizon brumeux.

C'était magnifique, aussi beau que dans ses rêves. Elle s'assit dans la bruyère et se laissa submerger par la splendeur du spectacle. Elle ne s'aperçut pas que le duc l'observait. Elle avait oublié sa présence.

— Eh bien, lui demanda-t-il après un long silence, à quoi pensez-vous ?

— Je pensais que c'est aussi beau que ce que j'imaginais. C'est même des millions de fois encore plus merveilleux !

— C'est exactement ce que je pense aussi quand je reviens chez moi, dit-il avec un sourire.

— Comment pouvez-vous partir d'ici ?

Il resta silencieux avant de répondre :

— J'aime aussi beaucoup ma maison dans l'Oxfordshire. Et voir courir mes chevaux...

— Oui, je peux le comprendre. Mais vous êtes souvent à Londres aussi.

Le duc ne jugea pas utile de lui donner la vraie raison de ses fréquents séjours londoniens.

— Oui, j'ai des obligations à la cour. Et puis, il ne faudrait pas que ces sacrés Anglais oublient l'Ecosse ! Ce serait une faute politique. Nous devons leur rappeler que nous avons beaucoup à leur offrir, il suffirait qu'ils veuillent bien ouvrir les yeux.

— C'est vrai ! s'écria Yseulta en se retournant vers lui. Vous avez raison ! Ma mère disait toujours que les Anglais refusent d'admettre que l'Ecosse est riche de possibilités.

— Oui, c'est une réalité qui me hante depuis longtemps, mais je ne sais pas quoi faire pour y changer quelque chose.

— Je suis sûre... (Yseulta hésita avant de continuer d'un ton assuré :) Je suis sûre que si vous le vouliez, vous pourriez y changer beaucoup de choses, justement, parce que vous êtes ce que vous êtes, et que les Anglais vous écouteraient !

— Alors non seulement vous me poussez à agir, mais vous me lancez un défi par-dessus le marché ! dit-il d'un ton léger.

— Oh, je vous ai simplement dit ce que j'aimerais bien pouvoir faire moi-même, répondit Yseulta d'une voix teintée de mélancolie. L'Ecosse est si belle ! Il faudrait ne jamais l'oublier.

Ni l'un ni l'autre n'en dit davantage. Songeur, le duc se remit en route et Yseulta lui emboîta le pas.

On voyait maintenant une rivière sinuer au fond de la vallée. Le duc expliqua que c'était là qu'il irait pêcher le saumon avec ses amis le lendemain.

— Est-ce que je pourrais venir voir ? interrogea Yseulta. Si je ne dérange pas, évidemment, ajouta-t-elle vivement, effrayée par sa propre audace.

— Au contraire ! Je serai enchanté de vous y emmener. Au fait, peut-être cela vous amuserait-il de pêcher aussi ?

— Vous croyez que j'en serais capable ?

— Mais oui ! Ce n'est pas sorcier, je vous assure. En plus, avec la fameuse chance des débutants, vous allez sûrement attraper le plus gros saumon de la journée !

Le duc fut surpris qu'Yseulta ne réponde rien. Ce n'est qu'au bout d'un moment qu'elle dit dans un murmure :

— Jamais je ne pourrai vous remercier assez

de tout ce que vous faites pour moi. Je ne l'oublierai jamais.

— Vous n'avez pas à me remercier ! Je vous ai donné l'ordre de vous amuser, souvenez-vous. Oubliez le passé. Pensez à l'avenir !

A peine eut-il prononcé ces mots qu'il songea que l'avenir pour Yseulta était sombre et angoissant. Elle n'avait le choix qu'entre deux décisions : retourner chez son oncle pour y subir humiliations et violences, ou bien fuir et se cacher quelque part en Ecosse, sans argent et sans amis. Il décida d'en parler avec sa mère. Elle saurait à qui s'adresser pour lui trouver une place de gouvernante, par exemple, où elle gagnerait de quoi vivre en sécurité.

Toutefois, le duc réfléchit que ce ne serait pas si facile de la faire engager. Il ne connaissait pas une seule épouse, ou même une seule mère de garçon ayant atteint la puberté, qui accueillerait de bon cœur une aussi ravissante personne. D'ailleurs, il lui faudrait un chaperon, elle ne pouvait pas habiter seule, c'était trop risqué. Il fallait la protéger des hommes un peu trop entreprenants.

Il voulait l'aider, mais comment ? Il s'avoua qu'il était à court d'idées, pour l'instant.

Ils reprirent leur marche et entamèrent la descente vers la mer.

— Tout près d'ici, commença le duc qui jugeait préférable de changer de sujet, il y a les vestiges d'un fort picte où j'aimais venir jouer quand j'étais enfant. Cela vous intéresserait-il de le voir ? J'ai fait dégager une grande partie de la terre et des fourrés qui l'avaient recouvert au cours des siècles.

— Oh, oui, cela me plairait beaucoup !

— J'avais bien pensé que des visiteurs de passage auraient envie d'y faire un tour.

— Je vous en prie, allons-y !

Ils continuèrent donc leur route. La bruyère se clairsemait, et le terrain devenait plus accidenté. Soudain, un homme surgit de derrière une butte herbeuse et vint vers eux à grands pas décidés. En guenilles et souliers troués qui laissaient voir ses orteils, il avait l'air d'un vagabond.

Quand il fut à quelques mètres seulement des promeneurs, il tira de sa veste un long poignard qu'il brandit de façon menaçante en criant quelque chose que le duc ne comprit pas. Voyant que l'individu se préparait à les agresser, il jeta son bras devant Yseulta pour la protéger. Mais, plus rapide, celle-ci s'interposa entre lui et l'homme à qui elle posa une question dans la langue qu'il avait employée.

L'homme suspendit son geste. Immobile, le bras levé, il parut réfléchir à la décision qu'il allait prendre.

— Que se passe-t-il ? demanda le duc d'une voix dure. Que veut ce misérable ?

— Il dit qu'il meurt de faim, expliqua Yseulta. Il dit que si nous ne lui donnons pas d'argent, sa femme et ses enfants vont mourir.

Avec un temps de retard, le duc se rendit compte que l'homme parlait gaélique et qu'Yseulta le parlait aussi.

— Ils meurent de faim ? s'exclama-t-il. Demandez lui qui il est.

D'une voix douce, Yseulta posa la question. Tandis qu'il lui répondait, l'homme abaissa peu à peu son bras. Au milieu de sa tirade inintelligible, le duc crut discerner un nom : « MacVegon ».

— S'il est un membre de mon clan, pourquoi

sa famille meurt-elle de faim ? Où habite-t-il donc ?

Yseulta traduisit les questions du duc, hésitant quand elle n'était pas sûre du mot gaélique.

L'homme lui répondit. Il s'exprimait d'un ton passionné, maintenant, avec de grands gestes pour appuyer ses paroles. Son regard se fixait sur Yseulta, puis sur le duc, comme s'il voulait les obliger à comprendre sa situation. Il finit par se taire, à bout de souffle.

— Ils ont fait un long voyage, sa femme, ses deux enfants et lui, parce que la chaumière où ils habitaient s'est effondrée, c'était impossible d'y rester. Il a demandé de l'aide à quelqu'un au village, là-bas.

Elle désigna du doigt l'endroit où la rivière se jetait dans la mer et continua :

— J'ai cru comprendre que c'était à votre régisseur. Mais il lui a dit qu'il ne pouvait rien pour eux, et c'est pour cela qu'ils sont venus dormir ici, dans le fort picte.

Elle fit une pause avant d'ajouter timidement :

— Sa femme va bientôt accoucher. Il a peur que le bébé ne naisse ici, au beau milieu de la lande, sans personne pour l'aider.

Elle regarda le duc d'un air interrogateur, et il répondit comme elle l'espérait :

— Nous allons trouver une solution, naturellement. Dites-lui qu'il nous conduise jusqu'à sa femme et ses enfants.

Le visage d'Yseulta s'illumina d'un sourire que le duc trouva adorable.

L'homme ouvrit la marche, sautant par-dessus les massifs de bruyère. Son kilt, dont il ne restait plus que des loques, flottait tandis qu'il descendait la colline.

Ils arrivèrent au fort, où les malheureux avaient ficelé un morceau de bâche entre deux murs d'angle. Dessous était blottie une femme entourée de deux garçonnets. Les enfants, tout comme leur père, étaient en haillons et très maigres. Ils étaient assis, prostrés, à même le sol ; la frayeur se peignit sur leur visage quand Yseulta et le duc apparurent devant eux. La femme fit mine de se lever, mais Yseulta lui fit signe de ne pas bouger.

— Non, ne vous levez pas, dit-elle en gaélique.

— Merci, je suis très fatiguée, répondit la femme dans un mauvais anglais.

— C'est normal, avec toute la route que vous avez faite, répliqua Yseulta. Votre mari nous a dit que vous aviez très faim.

— Oh, oui ! Très faim. On avait emporté des biscuits mais on les a tous finis.

Yseulta se tourna vers le duc.

— Il faut que vous veniez au château, dit celui-ci. On trouvera bien un endroit où vous installer. Vous resterez au moins jusqu'à la naissance de votre bébé. Quand devez-vous accoucher ?

La femme resta d'abord muette d'étonnement, puis elle répondit :

— C'est pour bientôt... très bientôt, même !

Le duc s'adressa à Yseulta.

— Dites à cet homme que puisqu'il est un membre du clan, je me charge d'eux.

Yseulta traduisit en gaélique. Quand la femme comprit, elle poussa un cri de joie, et l'homme s'agenouilla devant le duc pour lui baiser la main. C'était le geste d'allégeance à un chef, qui se pratiquait dans l'ancien temps.

Yseulta sentit l'émotion la gagner.

— Maintenant, dit le duc à la femme, suivez-moi en marchant aussi vite que vous le pourrez. Je voudrais vous installer avant la tombée de la nuit.

Devant l'expression de gratitude qui se peignit sur le visage de la femme, Yseulta sentit les larmes lui monter aux yeux. Elle imaginait l'inquiétude qu'elle avait dû éprouver à l'idée d'accoucher dans la lande, sans rien pour la secourir, que la bonne volonté et l'amour de son mari.

Yseulta et le duc reprirent la route du château, laissant la famille rassembler ses maigres biens avant de les suivre. Lorsque le sentier devint assez large pour qu'ils puissent marcher côte à côte, Yseulta dit au duc :

— Ces pauvres gens ! Ils ont dû marcher pendant des kilomètres ! Vous avez vu les jambes des enfants, tout égratignées par la bruyère ?

— Je suis très contrarié par l'attitude de mon régisseur ! déclara le duc avec colère. Il aurait dû leur trouver un abri. Ou alors demander conseil aux anciens !

Après un silence, Yseulta se permit de remarquer :

— Vous allez peut-être penser que je prends trop de liberté... mais je suis sûre d'avoir lu quelque part que souvent, quand leur maître est absent, les régisseurs, en Ecosse, sont cruels et indifférents aux malheurs des membres du clan.

— En d'autres termes, vous me blâmez ! riposta le duc.

— Vous n'auriez jamais laissé pareille chose se produire si vous en aviez été informé, bien sûr, dit-elle vivement. Mais un régisseur n'est qu'un serviteur que vous payez, alors que ces gens-là, sont des vôtres.

Elle hésita avant de poursuivre :

— Vous en êtes responsable. C'est au chef de clan de leur venir au secours quand ils sont dans le besoin.

Elle eut peur d'en avoir trop dit. Elle avait pourtant entendu les récits de sa mère sur la cruauté des *clearances* et comment les régisseurs, en l'absence de leur maître, laissaient les gens mourir de faim, ou brûlaient leurs maisons pour les obliger à partir et à abandonner les terres aux moutons.

Ne supportant pas l'idée que le duc puisse être en colère contre elle, elle reprit d'une petit voix tremblante :

— Oh, je vous en prie, pardonnez-moi, je n'aurais pas dû vous dire cela, vous qui êtes si généreux.

— Non, non ! Vous avez raison ! Je me suis absenté trop longtemps. Demain, je vais convoquer mon régisseur et m'informer de ce qui se passe exactement sur mes terres. Qu'il me dise combien de familles de mon clan sont sans travail et sans toit.

— Oh, ce serait merveilleux ! s'exclama Yseulta, le regard brillant de reconnaissance.

Elle eut l'impression qu'il allait dire autre chose, mais il se ravisa.

Ils furent bientôt arrivés au château. Comme s'il attendait le retour de son maître, Douglas, le valet personnel du duc, resplendissant dans son kilt et son plaid, était posté en haut des marches du perron. Le duc lui expliqua ce qui se passait et lui demanda où l'on pourrait installer cette famille qui s'était réfugiée dans le fort picte.

— Il leur faut un abri pour cette nuit. Dès demain, je leur ferai rechercher une chaumière inhabitée. Et puis, il faut trouver du travail pour le père.

— Votre Grâce, déclara Douglas avec son fort accent écossais, je crois que le mieux pour cette nuit ce serait de les loger aux écuries, dans les pièces au fond, celles où dorment les cochers des visiteurs.

— Mais bien sûr ! Excellente idée ! Je vais demander qu'on leur montre le chemin dès qu'ils seront arrivés. Pendant ce temps, je veux que vous alliez aux cuisines leur faire préparer de quoi manger tout de suite. Et du lait pour les enfants.

Douglas partit sur-le-champ exécuter les ordres de son maître et le duc croisa le regard brillant de joie de Yseulta.

— Un autre conte de fées, murmura-t-elle.

Il lui sourit.

— Bien ! fit-il. Maintenant, allons voir comment nous allons les installer.

Ils se dirigèrent vers les écuries à l'arrière du château. Le chef des palefreniers se précipita à leur rencontre dès qu'il vit approcher le duc. Celui-ci lui expliqua qu'il voulait voir l'état des pièces qui se trouvaient derrière la salle des harnais.

Le valet les y conduisit et leur montra la cuisine meublée d'une lourde table en bois, de plusieurs chaises et d'un poêle à charbon.

— Allumez le poêle, ordonna le duc.

— Tout de suite, Votre Grâce, répondit le valet.

Yseulta entra dans l'autre pièce. Elle y vit un grand lit et, dans un coin de la pièce, une pile de couvertures pour les chevaux soigneusement pliées.

— Les enfants pourront dormir là-dessus, dit-elle.

— Oui, bien sûr, dit le duc. Il faut leur en trouver d'autres pour se couvrir.

— Il y en a dans l'armoire, Votre Grâce ! lança le valet depuis la pièce voisine où il tisonnait le poêle.

Il vint les rejoindre pour ouvrir l'armoire et Yseulta vit qu'elle était remplie d'épaisses couvertures en laine. Elle se réjouit à l'idée que ni les enfants, ni leur mère n'auraient froid ou faim ce soir-là.

Rendue audacieuse par l'urgence de la situation, elle demanda au duc :

— Vous ne croyez pas qu'il y a au village une sage-femme qu'on pourrait faire venir ?

— Oui, évidemment, déclara le duc, vous avez raison.

Il donna des ordres au valet d'écurie, puis ils allèrent dans la cour accueillir la famille qui arrivait. Yseulta eut l'impression qu'ils avaient pressé le pas de peur que le duc ne change d'avis s'ils tardaient, ou même qu'il ne les ait oubliés.

La femme avait le visage congestionné par l'effort. L'homme portait sur ses épaules le plus jeune des enfants, sans doute trop épuisé par le manque de nourriture pour marcher.

Le duc leur montrait l'abri provisoire qu'il leur avait trouvé quand Douglas arriva, accompagné de deux hommes qui transportaient des plateaux chargés de nourriture. Ils les déposèrent sur la table. Les enfants se précipitèrent sur le pain qu'ils allèrent dévorer accroupis dans un coin de la pièce. Leur mère voulut les gronder mais Yseulta intervint :

— Restez tranquille, madame, et reposez-vous. Vous devez être très fatiguée. Sa Grâce a donné des ordres pour qu'une sage-femme vienne vous voir le plus vite possible.

La femme ne put retenir ses larmes qu'elle voulut cacher en les essuyant d'un geste furtif du revers de sa main sale. Yseulta s'approcha du duc.

— Je crois que nous devrions les laisser, dit-elle. Ils ont tout ce qu'il leur faut. Ils sont trop émus pour exprimer leurs sentiments.

Le duc, qui observait les enfants avaler goulûment toute la nourriture à portée de leurs mains, se détourna de la scène et lui sourit.

— Oui, vous avez raison. Nous reviendrons demain prendre de leurs nouvelles.

Le père tenta de bégayer quelques remerciements en gaélique, mais le duc et Yseulta s'éloignaient déjà.

— Et voilà, murmura Yseulta comme pour elle-même, la citrouille s'est transformée en chaumière pour abriter un festin de roi !

Le duc se contenta de sourire et gravit les marches du perron. Yseulta eut le sentiment qu'il n'avait pas envie d'entendre vanter sa générosité.

Non, en fait, il aurait mieux accepté des reproches. Il pensait que personne sur ses terres ne devrait être dans un tel dénuement, ni atteindre un désespoir aussi profond que cet homme qui n'avait plus eu que la menace de son poignard comme recours.

Ils gagnèrent le salon pour prendre le thé. Quand la duchesse et ses amis annoncèrent qu'ils allaient se reposer dans leurs chambres avant le dîner, Yseulta eut soudain une idée. Elle aurait été très déçue que son séjour au château se termine avant qu'elle n'ait eu le temps de le visiter en entier. Alors, elle s'éclipsa du salon et commença par aller voir la salle où, elle le savait, se déroulerait le bal. C'était la pièce où le chef du clan MacVegon recevait les anciens et les membres du clan. Les murs étaient ornés de ramures de cerf, et sur celui du fond était accroché un immense blason aux armes des MacVegon. Sur le mur d'en face, étaient exposés des sabres, des haches de guerre, des boucliers et des dagues, collectionnés depuis des générations. La lumière du soleil couchant inondait la pièce par une haute fenêtre d'où l'on voyait le ciel virer au pourpre.

Yseulta eut soudain envie d'admirer la vue depuis le sommet de la tour. Le duc avait promis d'y conduire ses hôtes, mais il avait sûrement oublié.

Elle remonta d'un pas rapide une enfilade de couloirs qui traversait le château. Comme si son instinct l'avait guidée, elle trouva tout de suite la porte de l'escalier de pierre qui menait en haut de la tour. Rien ne semblait avoir changé depuis sa construction. La lourde porte en chêne incrustée de cuivre n'était pas verrouillée. Grâce à la faible clarté que dispensaient les meurtrières, Yseulta discerna l'escalier en colimaçon. Elle s'y élança prestement, ne voulant pas manquer le coucher du soleil. Elle devinait que ce serait un spectacle inoubliable. Par une porte étroite, elle déboucha sur la terrasse ronde cernée de créneaux, telle qu'elle l'avait imaginée.

La splendeur de la vue lui coupa le souffle. A l'ouest, l'horizon s'embrasait aux derniers rayons du soleil qui sombrait dans la mer. La voûte céleste commençait de s'assombrir à l'orient. La lande s'était teintée de couleurs douces. Au loin, elle aperçut le village de pêcheurs à l'embouchure de la rivière. Les derniers bateaux rentraient au port, leurs voiles gonflées par le vent.

C'était un spectacle tellement beau, si semblable à ce qu'elle avait espéré de toute son âme, qu'elle ne fut pas vraiment surprise d'entendre une voix chaude prononcer tout près d'elle :

— J'étais sûr de vous trouver ici !

Elle ne se retourna pas. La présence du duc lui faisait ressentir une étrange sensation, comme si les flammes du soleil couchant brûlaient dans son cœur.

Il se rapprocha d'elle et lui confia :

— Je suis monté ici des centaines de fois, et pourtant je suis toujours émerveillé comme si c'était la première.

— Oui, je comprends. Je pense que c'est parce qu'on ne peut pas tout recevoir d'un coup quand on assiste à un spectacle d'une telle beauté.

— Oui, c'est bien ce que je ressens. Il y a toujours quelque chose de nouveau à découvrir, c'est une source de méditation inépuisable.

— J'en suis sûre, murmura Yseulta. Je n'ai jamais rien vu d'aussi bouleversant.

— Moi non plus, reconnut le duc.

Mais maintenant, c'est Yseulta qu'il contemplait. Il s'émerveillait de la lumière du soleil qui jouait dans ses cheveux, de l'éclat de ses yeux immenses. Il ne pouvait détacher d'elle son regard.

— Yseulta, voulez-vous être ma femme ? dit-il soudain d'un ton étrangement calme.

Elle demeura immobile, comme si elle n'avait pas entendu. Puis, lentement, comme dans un rêve, elle se tourna vers lui.

— Qu'avez-vous dit ? murmura-t-elle d'une voix à peine audible.

— Je vous ai demandé si vous vouliez m'épouser. Vous représentez tout ce que je désire trouver chez la femme qui sera la mienne, tout.

Yseulta plongea son regard dans le sien. Son visage s'illumina de bonheur, et le duc pensa qu'il n'en avait jamais vu d'aussi adorable. Sans réfléchir davantage, il prit la jeune femme par la taille et l'attira contre lui. Puis il se pencha vers elle et posa ses lèvres sur les siennes.

Yseulta eut l'impression que le monde basculait dans une clarté éblouissante, elle ne pensa plus à rien. Elle se sentit transportée, traversée de sensations merveilleuses qu'elle n'avait jamais imaginées.

Le duc l'embrassait avec passion, avec tendresse, comme s'ils étaient seuls au monde. Tout ce qui les entourait avait disparu. Ils volaient dans les cieux, ils se mélangeaient à l'univers, ils n'étaient plus humains, ils étaient des dieux.

Au loin, on entendit monter le son voilé des cornemuses qui, selon la coutume, saluaient la tombée du jour.

Le duc releva la tête. Yseulta revint à la réalité.

Elle plongea son regard dans le sien et tenta doucement de se dégager de son étreinte.

— Je vous aime, murmura-t-elle. Je vous aime. Mais ce que vous me demandez est impossible, je le sais. Absolument impossible !

Avant qu'il ait pu la retenir, elle s'échappa de ses bras et s'enfuit.

Il l'entendit s'élancer dans l'escalier de pierre. L'écho de ses pas diminua puis disparut. Il n'y eut plus que le son des cornemuses.

Le duc laissa son regard errer sur la mer que l'obscurité engloutissait à l'horizon.

Yseulta atteignit les dernières marches de la tour et courut jusqu'à sa chambre. Elle referma la porte et se jeta sur son lit, le visage enfoui dans l'oreiller.

Etait-ce vrai ? Etait-ce vrai que le duc lui avait demandé de l'épouser ? Oui, les contes de fées se terminaient toujours par un mariage, mais les contes de fées ne devenaient pas réalité, jamais.

Il disait qu'il l'aimait, et elle savait qu'elle l'aimait de toute son âme, et qu'elle n'aimerait plus jamais un autre homme de cette façon. Mais qui était-elle pour croire possible un tel amour ?

Pour le duc de Strathvegon — pour qui que ce soit, d'ailleurs —, épouser la fille d'un père tel que le sien était une idée inconcevable. Etait-il possible d'arrêter les marées, de faire tomber les étoiles du ciel ?

Son oncle la traitait de « chien galeux », de « moins que rien », disait qu'une personne décente ne pouvait qu'être horrifiée par sa seule présence. Quel homme pourrait vouloir d'elle comme épouse et, surtout, le duc de Strathvegon ?

« Il faut que je m'enfuie d'ici », se dit-elle. Et le plus tôt serait le mieux. Comment supporterait-elle de le voir choisir une fiancée parmi les autres jeunes filles invitées au château ? Que ce soit lady Beryl, ou lady Deborah, elles seraient des épouses parfaites.

Peut-être s'était-elle trompée, après tout ? Le duc ne lui avait pas déclaré son amour, c'était impossible. Pourtant chaque parcelle de son être et de son cœur gardait le souvenir de leurs baisers. Ils n'avaient plus fait qu'un, un homme et une femme, les deux moitiés d'un seul être.

« Je l'aime et je ne veux pas lui faire de mal, se dit Yseulta. Je dois me contenter de rendre grâce au ciel d'avoir connu au moins une fois un moment d'extase merveilleuse. Il n'y en aura plus d'autre, je le sais. »

Les larmes gonflèrent ses paupières mais elle les empêcha de ruisseler sur ses joues. Elle se leva de son lit et alla regarder par la fenêtre. Le soleil avait disparu, les étoiles commençaient de piqueter le ciel et le jardin baignait dans l'obscurité.

« Voilà, se dit-elle avec tristesse, c'est l'image de la vie qui m'attend. Je ne me plains pas, je garderai le souvenir précieux d'avoir été aimée par un homme merveilleux qui m'a tenue dans ses bras dans ce château de contes de fées. »

Elle contempla les ténèbres.

— Merci, mon Dieu, dit-elle à haute voix, merci de m'avoir fait rencontrer l'amour. Mais je sais que je ne dois pas briser la vie d'un homme si... magnifique. Aidez-moi à partir sans créer de problèmes, aidez-moi à me cacher quelque part où je serai en sécurité.

C'était une prière chargée de mélancolie. Yseulta avait l'impression qu'elle avait déjà quitté le château pour commencer une errance sans fin, dans un monde vide.

Cependant, au souvenir de leurs baisers, un frisson de bonheur la traversa. Non, c'était trop cruel, elle le reverrait une dernière fois.

« Je m'en irai après le bal, se dit-elle. Il y aura tellement d'animation que personne ne remarquera mon départ. Au matin, je serai déjà loin... »

Ce qui l'attendait ensuite ne serait pas facile, elle le savait. Mais rien ne serait pire que de retourner chez son oncle et de subir ses insultes et ses coups. Mieux valait mourir de faim et de misère, terrée dans le fort des Pictes.

Elle s'efforçait d'avoir du courage, mais son cœur, lui, ne disait qu'une chose, une seule :

— Je l'aime ! Je l'aime ! Je l'aime !

Elle croyait entendre ces mots se répéter à l'infini. Elle savait qu'elle les entendrait jusqu'à la fin de ses jours, où que le destin la mène.

Le duc descendit de la tour, comme dans un rêve. Il se rendit dans son bureau où il était sûr d'être seul.

Son étreinte avec Yseulta avait fait naître en lui des sentiments bien différents de tout ce qu'il connaissait. Dans ses liaisons passionnées avec des femmes comme Hermione, c'était le feu du désir qui embrasait les corps et les cœurs et qui les consumait. Un feu qui s'éteignait très vite, et ne laissait pas luire la moindre braise.

Ce qu'il éprouvait pour Yseulta était tout autre. Dès l'instant où elle l'avait regardé, tremblante de peur, dans le train, il avait désiré l'aider et la protéger. Depuis, il se surprenait sans cesse à penser à elle et à vouloir être auprès d'elle.

Il l'avait observée le matin à l'église. Il l'avait vue attentive au déroulement de l'office, elle priait comme il avait toujours imaginé qu'une femme devait prier, avec son cœur et pas seulement avec ses lèvres.

Hermione — ou une autre de ses maîtresses — n'aurait été préoccupée que de lui. Elle aurait utilisé toutes ses armes pour attirer son attention.

Yseulta, elle, avait complètement oublié sa présence. La beauté de son visage levé vers les vitraux, son profil découpé sur les murs sombres de l'église, l'avaient bouleversé.

« Elle est vraiment ravissante, songea-t-il. Quelle cruauté de la part de son oncle ! » La pensée de ce qu'elle avait subi attisa sa colère. Il eut envie de la serrer de nouveau dans ses bras, de la rassurer, de lui dire qu'elle n'aurait plus jamais à retourner dans cet enfer.

Il avait remarqué sa courtoisie et sa déférence envers les amis de sa mère. Au dîner, elle s'était montrée attentive à la moindre parole que prononçait son voisin, un vénérable vieillard. Elle ne parlait que pour dire des choses intelligentes. Hermione, ou une autre, n'aurait pas caché son ennui d'être obligée de converser avec qui que ce soit d'autre que lui. Elles auraient tout fait pour qu'il s'occupe d'elles. Effleurer sa main, dire des mots à double sens, esquisser de loin des baisers, lancer des œillades provocantes. Il en avait l'habitude. Cela faisait partie du jeu. En fait, il croyait que toutes les femmes étaient pareilles. Jusqu'à ce qu'il rencontre Yseulta.

Quand il la regardait, il oubliait la présence des autres, il ne pensait qu'à elle et à sa détresse. « Il faut que je lui vienne en aide ! » se répétait-il. Mais par quel moyen, il ne savait pas.

Pendant leur promenade sur la lande, il avait refusé de l'admettre, mais il avait deviné que leurs pensées étaient identiques. Ils ne se parlaient guère, mais la présence d'Yseulta lui donnait plus de bonheur qu'il n'en avait jamais connu.

Lorsque l'homme de son clan avait surgi, son poignard brandi d'un air menaçant, son premier geste avait été de la protéger. Mais c'était elle qui l'avait protégé. Elle s'était interposée entre l'homme et lui et elle avait résolu la situation grâce à sa connaissance du gaélique. Il n'avait même pas été surpris qu'elle parlât une langue dont lui-même ne connaissait que quelques mots. Elle avait apaisé la colère du malheureux et ils avaient décidé ensemble de la façon d'aider cette famille dont, en tant que chef de clan, il était responsable.

« Comment pourrais-je épouser une femme qui n'éprouve pas d'intérêt pour mon peuple ? » s'interrogea-t-il. Lady Beryl, lady Deborah étaient anglaises jusqu'au bout des ongles. Elles s'ennuieraient, et deviendraient aigries à vivre en Ecosse.

Certes, lady Deborah éclatait de rire à la moindre de ses plaisanteries, mais elle n'aurait jamais su quoi faire face à une femme du clan enceinte et désespérée.

« Yseulta sera mienne ! se jura-t-il avec un sentiment de défi. Je l'épouserai, envers et contre tous ! »

Il ne sous-estimait pas les difficultés qui l'attendaient, en particulier du côté de sa mère. Elle l'adorait, elle était fière de lui et, comme toutes les mères, elle voulait le meilleur pour son fils.

« Comment lui expliquer, comment la convaincre qu'Yseulta est ce qu'il y a de meilleur pour moi ? Si elle ne peut pas devenir ma femme, alors je retournerai à Londres affronter le comte. »

Mais épouser Hermione était bien la dernière chose au monde qu'il désirait. Sa beauté l'avait séduit, mais ils n'avaient strictement rien en commun, il fallait bien l'admettre. Sans une foule d'adorateurs autour d'elle, il était sûr qu'Hermione s'ennuierait terriblement. Ici, au château, par exemple.

La beauté de la lande, la rivière, la mer, tout cela ne s'accorderait jamais avec la beauté qu'elle contemplait dans son miroir.

— Non, je ne perdrai pas Yseulta ! affirma le duc à haute voix.

Il se battrait pour elle, comme il ne s'était encore jamais battu de sa vie.

7

Le duc fut réveillé de bonne heure par son valet. Il se leva sans attendre et s'habilla rapidement.

Il avait rêvé d'Yseulta et son image l'accompagnait tandis qu'il suivait le couloir qui menait à la salle à manger réservée au petit déjeuner.

Douglas le guettait sur le palier :

— Bonjour, Votre Grâce. J'ai pensé que Votre Grâce voudrait savoir que la femme du clan qui est arrivée au château hier a eu son bébé tôt ce matin. C'est un garçon !

— Oh, oh ! J'y vais tout de suite ! déclara le duc.

Il descendit l'escalier, sortit par le perron et se dirigea vers les écuries. Il vit les deux petits garçons qui jouaient au ballon dans la cour avec un des palefreniers, et leur fit un signe de la main tout en continuant son chemin vers la salle des harnais.

La porte de la petite cuisine était ouverte. Il

franchit le seuil et découvrit Yseulta debout près de la fenêtre. Le soleil matinal brillait dans ses cheveux. Le duc pensa qu'il aurait dû se douter qu'elle s'intéresserait au sort du bébé. Il resta silencieux, mais elle se retourna comme si elle avait senti sa présence. Elle tenait le bébé dans ses bras.

Leurs regards se croisèrent et ce fut comme si le temps s'arrêtait. Sans une parole, sans un geste, ils furent l'un près de l'autre. L'espace d'un instant, le duc eut l'impression qu'ils étaient hors du temps, hors du monde, et que rien ne pourrait les séparer.

Puis, Yseulta baissa les yeux et dit d'un ton intimidé :

— Votre Grâce, je vous présente le nouveau membre du clan !

Le duc allait s'avancer vers elle, quand le bébé poussa un petit vagissement.

— Je crois qu'il réclame sa mère, dit la jeune fille.

Elle sortit de la cuisine avec l'enfant dans les bras, et le duc l'entendit parler dans l'autre pièce.

Puis MacVegon arriva à son tour.

— Toutes mes félicitations, le congratula le duc. Je viens d'apprendre que vous aviez un troisième fils. J'espère que votre femme va bien.

L'homme bredouilla quelque chose en gaélique où le duc crut discerner le mot « merci ». Puis il mit un genou à terre et lui baisa la main.

Le duc retourna au château et monta retrouver ses invités qui devaient être en train de prendre leur petit déjeuner. En effet, les messieurs terminaient leur repas en hâte pour se rendre à la partie de pêche, et le duc se réjouit d'apprendre que lady Beryl et lady Deborah se joignaient à eux.

Quand tout le monde fut prêt, le duc descendit les accompagner jusqu'aux breaks qui les attendaient devant le perron et les regarda s'y installer.

— Vous ne venez donc pas avec nous, Kenyon ? lui demanda Hugo.

— Je vous rejoindrai plus tard. J'ai deux ou trois choses à régler d'abord.

— Bon ! Eh bien, nous tâcherons de vous laisser quelques saumons ! plaisanta Anthony.

Les breaks se mirent en route et ses amis le saluèrent de la main pendant qu'il les regardait s'éloigner. Tout avait été organisé la veille au soir. Le duc avait conseillé aux plus âgés de rester pêcher dans la partie basse de la rivière, tandis que les plus jeunes grimperaient le sentier escarpé qui la longeait pour une pêche beaucoup plus sportive dans la partie haute.

Pendant qu'il regagnait la salle à manger, le duc se promit de convaincre Yseulta de venir avec lui. Il se faisait une joie de lui apprendre à pêcher le saumon.

Il trouva sa mère encore attablée.

— Tiens ! Te voilà, Kenyon ! Je me demandais où tu étais passé.

— Je suis allé rendre visite à la nouvelle recrue du clan !

La duchesse sourit.

— Oui, j'ai entendu dire que Mrs MacVegon avait mis au monde un autre fils, cette nuit. J'ai demandé à Mrs Ross de lui dénicher des langes et des vêtements dans ses armoires aux trésors. Iras-tu pêcher tout à l'heure ?

— Je veux d'abord parler avec notre régisseur, répondit le duc.

A son ton, la duchesse devina que son fils était mécontent.

— Tu sais, je crois que notre Mr. McKay devient un peu trop vieux pour ce travail. A ta place, Kenyon, je lui suggérerais de prendre sa retraite. Ce ne sont pas les jeunes qui manquent pour le remplacer.

— Oui, vous avez raison, mère. C'est ce que je vais faire.

Il finit de se servir des mets gardés au chaud sur la desserte et vint s'asseoir à table.

— Tu n'as pas oublié que le bal a lieu demain soir, n'est-ce pas ? demanda la duchesse. J'espère que tu me diras...

Elle fut interrompue par l'entrée de Douglas qui s'approcha du duc.

— Le facteur vient d'apporter le courrier, Votre Grâce. Je l'ai déposé sur votre bureau. Et puis il y a aussi cette lettre marquée « *URGENT* » adressée à miss Corde.

— Pose-la sur la table, lui ordonna le duc. Miss Corde ne va pas tarder à venir déjeuner.

Douglas obtempéra. La duchesse repoussa sa chaise et se leva.

— Bien, je te quitte, Kenyon, j'ai mille choses à faire. Mais je voudrais te parler seule à seul quand tu auras quelques instants à me consacrer.

— Bien, mère. Comptez sur moi, j'irai vous voir dès que possible.

Il savait parfaitement de quoi elle voulait lui parler. Comment réagirait-elle quand il lui annoncerait qui il avait décidé d'épouser ?

Douglas atteignait la porte quand Yseulta entra, les joues rosies et les cheveux décoiffés par le vent. Elle avait couru depuis les écuries.

— Pardon d'être en retard, s'excusa-t-elle. J'ai

croisé la sage-femme qui s'est occupée de Mrs MacVegon, elle voulait me parler, je n'arrivais plus à l'arrêter !

Le duc sourit.

— Cela ne m'étonne pas ! Il y a deux choses que les Ecossais adorent par-dessus tout, les naissances et les enterrements !

— Ma mère me disait que les femmes n'avaient pas le droit d'assister aux enterrements. Mais au moins, on ne peut pas nous interdire d'être là pour les naissances !

Le duc rit et se leva pour aller à la desserte.

— Que désirez-vous pour votre déjeuner ? demanda-t-il à Yseulta. Comme vous voyez, vous avez le choix.

Yseulta s'approcha. Elle pensa que peu lui importait ce qu'elle mangerait puisqu'elle était auprès de lui. Il lui choisit du poisson, fraîchement pêché, puis ils retournèrent vers la table.

— Tenez, dit le duc, vous avez reçu une lettre.

— Une lettre ? s'exclama Yseulta.

Elle reconnut l'écriture au premier coup d'œil et le duc la vit pâlir.

— Prenez d'abord le temps de déjeuner, lui conseilla-t-il.

— Non. C'est une lettre de mon oncle. Je suis sûre qu'il est très en colère.

Le duc remarqua que la lettre tremblait dans ses mains et pensa que ce serait une erreur que d'essayer de la dissuader de la lire. Il s'assit à sa place en bout de table et ne la quitta pas des yeux pendant qu'elle ouvrait l'enveloppe.

Elle tira lentement la feuille de papier.

Le duc serra les poings devant l'angoisse qui se peignait sur son visage.

Yseulta s'était mise à trembler de tout son

corps. Elle commença à lire, mais les mots dansaient devant ses yeux et elle dut maîtriser son affolement pour continuer sa lecture.

Soudain, avec le cri d'un animal pris au piège, elle jeta la lettre sur la table et s'enfuit de la pièce en courant.

Le duc bondit pour s'emparer de la lettre et lut :

Vous êtes partie en Ecosse au lieu de revenir ici comme je vous l'avais ordonné. J'ai donc demandé à la police de vous ramener sous bonne escorte. J'ai l'intention de poursuivre le duc de Strathvegon, cet homme méprisable, pour détournement de mineure. Ce sera son châtiment. Vous recevrez le vôtre à votre retour !

Derroncorde

La lettre dans les mains, le duc resta pétrifié d'indignation. Il avait peine à croire ce qu'il venait de lire. Il fallait qu'il retrouve Yseulta au plus vite. Qu'il lui dise que jamais il ne la laisserait retourner chez son oncle, ni celui-ci lui infliger un quelconque châtiment.

Il se dirigeait vers la porte quand, mû par une intuition que fit naître la force du lien qui l'unissait à Yseulta, il regarda par la fenêtre.

Il vit Yseulta sortir du château par une porte de service, traverser la terrasse et s'élancer dans l'escalier qui menait au jardin. Elle courait presque et il se demanda où elle allait.

Et puis, il comprit.

Il jeta la lettre sur une console, sortit en courant de la salle à manger et dévala l'escalier. Il se précipita dans la direction où il avait vu partir

Yseulta. Il n'eut que le temps de l'apercevoir qui franchissait le portail qui séparait le jardin de la côte rocheuse.

Il se mit à courir plus vite qu'il n'avait jamais couru, sûr de l'endroit où elle allait et de ce qu'elle avait l'intention de faire.

Là où la lande s'arrêtait, au-dessus de la plage et des rochers escarpés, une jetée en bois avançait dans la baie. Elle était destinée à faciliter l'embarquement des pêcheurs ou des plaisanciers qui n'étaient plus obligés d'entrer dans l'eau pour grimper à bord.

Le duc avait atteint la limite de la lande. Il vit Yseulta au bout de la jetée. La tête inclinée, elle paraissait contempler l'eau au-dessous d'elle.

La marée était haute et l'eau profonde à cet endroit. Le vent soulevait des vagues qui se jetaient avec fracas contre les rochers.

Yseulta ne savait pas nager, elle imagina que les vagues l'emporteraient facilement, que se noyer ne serait qu'une question de secondes.

— Papa, papa, je t'en prie, aide-moi ! pria-t-elle.

Soudain elle sentit qu'on l'agrippait par la taille et qu'on la tirait à l'écart du bord de la jetée. Elle ne comprit pas tout de suite ce qui se passait. Puis elle se débattit en suppliant :

— Non, non ! Laissez-moi ! Je ne peux rien faire d'autre !

— Pourquoi voulez-vous faire quelque chose d'aussi atroce ? haleta le duc hors d'haleine, en la serrant contre lui.

— Il le faut ! cria Yseulta. Vous ne comprenez pas ? Oncle Lionel veut faire un scandale qui vous détruira. Mais si je suis morte, il ne pourra plus rien contre vous, vous serez sauvé.

— C'est à moi que vous pensez ? Oh, mon amour, ma précieuse chérie, que vous êtes sotte ! Si je vous perds, je perdrai la seule chose qui compte pour moi au monde !

Yseulta leva les yeux vers lui.

— Non, laissez-moi mourir... balbutia-t-elle. Je ne peux vous faire que du mal !

— La seule chose qui pourrait me faire du mal, c'est de vous perdre.

Il resserra son étreinte. Yseulta ne trouva pas la force de lui résister davantage, et elle enfouit son visage au creux de son épaule.

— Vous êtes mienne, murmura-t-il. Mienne ! Si nous devons nous battre contre le monde entier pour être ensemble, nous nous battrons !

Il avait prononcé ces mots avec une telle détermination qu'Yseulta faillit pleurer d'émotion. Mais elle plongea son regard dans le sien et dit :

— Je vous en prie, écoutez-moi. Vous ne devez pas me sauver ! Je vous aime ! Je vous aime de toute mon âme. Et c'est parce que je vous aime que je n'accepterai pas qu'on vous fasse du mal, qu'on vous calomnie, qu'on rie de vous !

Avec une grande tendresse dans les yeux, le duc répondit :

— C'est ce que j'attends de ma femme, qu'elle m'aime et me protège.

Avant qu'Yseulta n'ait eu le temps de protester, il ajouta :

— Maintenant, mon amour, nous allons rentrer et faire face ensemble à l'adversité. Et nous ne laisserons personne nous séparer.

— Cela ne vous apportera que du malheur, murmura Yseulta.

— Non, que du bonheur ! riposta le duc. Je le

sais sans réserve et sans hésitation, parce que vous êtes mienne et que j'ai besoin de vous.

La tenant enlacée par la taille, il la ramena doucement le long de la jetée, puis à travers la lande jusqu'à la grille du château. Là, à l'abri du mur qui ceinturait le parc, il la serra dans ses bras.

— Je vous aime, dit-il, et rien ne compte, excepté notre amour.

Avant qu'Yseulta n'ait pu parler, il lui ferma les lèvres d'un baiser. Il l'embrassa avec passion jusqu'à ce que plus rien n'existe que les battements de leurs cœurs et les ondes de plaisir qui les transportaient. Yseulta avait l'impression de voler dans le ciel, au milieu des étoiles. Ils atteignirent le paradis puis revinrent lentement sur terre.

Le duc poussa la grille et entra dans le parc. Yseulta hésita à le suivre.

— Que vais-je faire, dit-elle d'une voix blanche, si la police vient pour me ramener chez mon oncle ?

— J'ai préparé des arguments imparables, répondit le duc. Nous irons tout à l'heure en parler dans mon bureau.

Elle posa sur lui un regard incertain. Il la prit par la main et l'entraîna à travers la pelouse vers l'escalier qui menait à la terrasse.

Ils atteignaient la porte de service par laquelle ils étaient sortis, quand Douglas vint à leur rencontre ;

— Un policier demande à vous voir, Votre Grâce, annonça-t-il.

Yseulta ne put retenir un cri et le duc resserra sa main sur la sienne pour l'empêcher de s'enfuir.

— Douglas, dis-moi vite où est cet homme ! ordonna-t-il d'un ton décidé.

— Il est dans le bureau, Votre Grâce, et il dit qu'il veut parler d'une affaire avec Votre Grâce.

— Demandez à ma mère de nous rejoindre dans le bureau. J'y serai dans quelques minutes.

— Très bien, Votre Grâce, répondit Douglas qui obéit sur-le-champ.

L'affolement se lisait dans le regard d'Yseulta.

— Vous voyez bien, il faut que je m'enfuie, s'écria-t-elle. Je vais me cacher, oui, c'est ça ! Je vais me cacher et quand il sera parti, je m'en irai dans un endroit où personne ne me retrouvera ! Peut-être que si vous me donnez un peu d'argent, je pourrai disparaître...

Le duc sourit.

— Ma chérie, je crois que vous n'arriverez jamais à passer inaperçue. Votre beauté éveillera l'intérêt partout où vous irez.

— Mais la police va m'emmener ! s'écria Yseulta. Vous ne comprenez pas ? Ils vont m'obliger à retourner chez mon oncle !

Le duc la tira fermement par la main dans le hall et l'entraîna dans un petit salon au rez-de-chaussée où personne n'entrait jamais. Il referma la porte et dit :

— Ecoutez-moi, mon amour. Il faut que vous me fassiez confiance.

— Vous savez bien que j'ai confiance en vous, mais mon oncle est horriblement vindicatif. Il est décidé à vous détruire, et tous les moyens lui seront bons ! S'il menace de vous traîner devant les tribunaux, c'est qu'il le fera. Et il fera aussi tout pour que tout le monde le sache et que cela paraisse dans les journaux.

— Je connais exactement ses intentions, déclara le duc. Ma réponse est prête.

— Votre réponse ?

Une note d'espoir avait résonné dans la voix d'Yseulta. Le duc lâcha sa main et la prit dans ses bras.

— Je vous aime, dit-il, et je sais que vous m'aimez. Maintenant, vous allez me promettre de faire exactement ce que je vous dirai, vous voulez bien ?

— Je ferai... je ferai tout ce que vous voudrez, mais...

— Il n'y a pas de mais, la coupa le duc. Jurez-moi sur ce que vous avez de plus sacré que vous ferez ce que je vous dis.

Sa voix avait quelque chose de solennel et après un instant d'hésitation, Yseulta répondit :

— Je le promets.

Le duc la serra plus fort et prit ses lèvres avec passion. Yseulta ne lutta plus, elle lui abandonna son cœur et son âme, elle était sienne. Alors, il relâcha son étreinte et déclara :

— Maintenant, allons renvoyer ce policier, et ensuite, nous parlerons de nous dans le calme.

Sans attendre de réponse, il ouvrit la porte. Il lui prit la main et ils empruntèrent l'escalier qui menait au bureau situé au bout d'un couloir. Douglas les attendait là pour leur ouvrir la porte.

Le duc sentit trembler la main d'Yseulta. Il se jura que jamais plus elle n'éprouverait cette peur atroce. Toute sa vie, il la protégerait.

Douglas ouvrit la porte et ils entrèrent.

La duchesse était assise dans un fauteuil près de la cheminée. L'officier de police, un bel homme de haute taille, d'une cinquantaine d'années, était debout à côté d'elle. Quand le duc parut, il s'avança vers lui la main tendue.

— Bonjour, Votre Grâce, dit-il. C'est un plaisir de vous revoir. Je suis navré que ce soit dans des circonstances aussi désagréables.

— Je viens d'apprendre, intervint la duchesse, que le marquis de Derroncorde exige que sa nièce Yseulta retourne immédiatement chez lui. Sinon, et cela me paraît incroyable, il intentera une action contre vous devant la cour de justice d'Angleterre !

— Oui, je suis déjà au courant, répondit le duc. Malheureusement pour le marquis, il sera dans l'impossibilité de le faire.

— Je crains, dit le policier quelque peu mal à l'aise, que le marquis de Derroncorde, en tant que tuteur légal de miss Yseulta Corde, ne soit dans son droit le plus strict.

— Je crois comprendre, répliqua le duc avec calme, qu'il vous a donné des instructions pour organiser le retour de sa nièce, miss Yseulta Corde.

— C'est exact.

— Eh bien, c'est impossible.

— Impossible ? répéta l'officier ébahi.

— Absolument impossible, confirma le duc. Pour la simple raison que miss Yseulta Corde n'existe plus.

L'étonnement se peignit sur le visage de la duchesse, et Yseulta ne put retenir un cri.

Le duc s'approcha d'Yseulta et la prit par le bras.

— Puis-je vous présenter ma femme, la duchesse de Strathvegon ?

Un profond silence se fit. Puis le duc se tourna

vers Yseulta dont les yeux s'étaient agrandis de frayeur, et il lui dit avec tendresse :

— Ma chérie, dites-leur vous-même que vous êtes ma femme.

Il lui pressait la main et, comme si elle était une marionnette dont il tirait les fils, elle prononça d'une voix faible :

— Je suis votre femme.

Le représentant de la loi avait l'esprit vif et comprit tout de suite la situation. L'œil pétillant, il tendit la main au duc :

— Toutes mes félicitations, Votre Grâce. Naturellement, dans ces circonstances nouvelles, ma présence ici n'a plus d'utilité.

— Si, tout de même, répondit le duc. Je voudrais que vous enregistriez le fait que nous sommes mariés et que ma mère est notre témoin.

La duchesse retrouva sa voix.

— Seigneur ! s'exclama-t-elle. Jamais je n'aurais rêvé, ni même imaginé que toi, Kenyon, tu te marierais par consentement mutuel. Cette vieille tradition écossaise a du bon, ma foi. Mais il me semble que personne d'autre que nous ne doit savoir que nous nous en sommes servi !

— Oui, vous avez raison, mère. En bon Anglais, Derroncorde chercherait à contester nos lois coutumières ! Demain soir, à la fin du bal, vous annoncerez mes fiançailles comme vous l'aviez prévu, et cela paraîtra dans la *Gazette* avant que quiconque ait eu le temps d'avertir le marquis qu'il n'a plus de droits sur sa nièce.

Il se tourna vers le policier et ajouta :

— Je suis sûr que nous pouvons compter sur votre discrétion et que vous laisserez le temps à ma mère d'annoncer nos fiançailles. Ensuite, le mariage aura lieu dans les plus brefs délais, et tout le clan y sera invité.

— Votre Grâce peut me faire confiance. Mais, si j'osais, je poserais une condition : celle d'assister à vos noces !

— Vous serez l'invité d'honneur ! répondit le duc en souriant. Et je vous propose d'être le premier à porter un toast à mon épouse et à notre bonheur !

— Rien ne me fera plus plaisir ! répliqua son interlocuteur avec une manifeste sincérité.

Un peu plus tard, le duc le raccompagna et laissa Yseulta seule avec la duchesse. D'abord, les deux femmes se regardèrent sans mot dire, puis Yseulta vint s'agenouiller à côté du fauteuil de la duchesse.

— Pardonnez-moi ! implora-t-elle. Pardonnez-moi ! Je sais que c'est mal d'épouser votre fils... c'est un homme tellement important ! J'ai voulu me noyer pour le sauver des médisances... il m'en a empêchée !

— Seigneur ! s'écria la duchesse. C'est donc là que vous alliez quand je vous ai vue traverser le jardin en courant ? Mais, ma chère enfant, comment pareille idée vous est-elle venue à l'esprit ? C'est effroyable !

— Je voulais lui épargner les choses horribles que mon oncle Lionel allait dire sur lui. Mais j'ai peur que maintenant, plus rien ne l'arrête.

— Allons, allons, mon enfant, calmez-vous. Nous allons faire tout ce qui est en notre pouvoir pour couper l'herbe sous le pied de ce tyran !

— Mais justement, que pouvons-nous faire ?

Elle posa sur la duchesse un regard brillant de larmes.

— Je l'aime ! reprit-elle, la gorge nouée. Je

l'aime de toute mon âme, et je préférerais mourir plutôt que de le voir traîné dans la boue !

La duchesse posa une main apaisante sur l'épaule de la jeune fille.

— Mon petit, dit-elle, vous êtes exactement la femme que je souhaitais à Kenyon. Une femme qui l'aime pour lui-même et non pour son titre de duc. Nous sommes, vous et moi, des personnes intelligentes, il me semble. Nous allons bien trouver un moyen d'empêcher les fâcheux de lui nuire.

— Oh, oui ! Je vous en prie ! Je ferai tout ce que vous voudrez.

Après un silence, la duchesse demanda :

— Ai-je rêvé, ou bien quelqu'un m'a-t-il dit que vous étiez une Sinclair ?

— Oui, ma mère était née Sinclair. C'est pour cela que j'avais tellement envie de venir en Ecosse. Elle a passé toute son enfance à Caithness.

— Voilà qui va sans aucun doute nous faciliter la tâche, murmura la duchesse pour elle-même.

Avant qu'elle ait pu s'expliquer, la porte s'ouvrit et le duc entra.

— Mère, dit-il en s'avançant vers elle, je suis désolé de vous avoir infligé ce choc. J'avais l'intention de vous dire que j'aimais Yseulta et que je désirais l'épouser, mais j'ai dû agir rapidement car figurez-vous que ce matin, elle a reçu une lettre de son oncle où il lui exposait le plan démoniaque qu'il avait prévu pour l'humilier, et m'humilier aussi par la même occasion !

— Décidément, remarqua la duchesse, ce marquis a vraiment des manières épouvantables ! (Elle se leva.) Mes enfants, j'ai une quantité de choses à préparer pour demain soir, alors je vais vous laisser seuls. Je suis sûre que vous ne m'en voudrez pas...

— Mère, vous êtes merveilleuse ! s'exclama le duc. Mais ça, je le savais déjà !

— Avec l'annonce de vos fiançailles, nous aurons franchi le premier obstacle. Maintenant, il faut que je réfléchisse à la façon de franchir le suivant.

Elle sourit à son fils, puis se tourna vers Yseulta et déposa un baiser sur sa joue.

— Je suis enchantée que ma bru soit écossaise, lui murmura-t-elle avec affection.

Dès que la porte se fut refermée sur la duchesse, le duc tendit les bras et Yseulta s'y jeta.

— Comment avez-vous eu cette idée de m'épouser d'une si étrange façon ? demanda-t-elle. Vous m'avez sauvée, je ne retournerai plus jamais chez mon oncle !

— Vous êtes ma femme, maintenant. Rien ni personne ne pourra jamais plus vous atteindre, j'en fais le serment.

— Mais est-ce vraiment légal ?

— Vous, une Ecossaise, vous ne connaissez pas la loi de votre pays ? Si un homme et une femme déclarent devant témoins qu'ils sont mari et femme, ils sont mariés aussi légalement que s'ils étaient passés à l'église.

Yseulta soupira comme si on venait de la décharger d'un lourd fardeau.

— Je ne peux pas encore le croire tout à fait, fit elle. C'est la chose la plus belle qui me soit arrivée de ma vie !

Le duc l'étreignit tout contre lui.

— C'est bien ce que je veux que vous pensiez, dit-il. Jusqu'à la fin de nos jours.

Il l'embrassa, et plus rien n'exista que la magie de leur amour.

Plus tard dans la journée, ils partirent retrouver les pêcheurs. Le duc initia Yseulta aux secrets de la pêche en rivière et elle attrapa son premier saumon. Ce succès la mit dans un tel état d'excitation joyeuse que les autres ne résistèrent pas au plaisir de la taquiner. Il faudrait, disaient-ils, qu'elle fasse naturaliser sa prise pour l'exposer, sinon personne ne croirait jamais qu'elle avait accompli un tel exploit.

Dès leur retour au château, Anthony insista pour que les demoiselles s'exercent au quadrille écossais que la duchesse et lui-même avaient mis au programme du bal le lendemain soir.

Le duc se joignit à eux et il fut ébloui par la grâce avec laquelle dansait Yseulta. Il ne pouvait pas la quitter des yeux. Son expression de bonheur, le sourire sur ses lèvres le comblaient de joie.

Quand les hommes se retirèrent afin de s'habiller pour le dîner, Hugo s'arrangea pour rester seul un moment avec le duc.

— Je voudrais te parler, lui dit-il.

Le duc le conduisit dans le bureau et remarqua, non sans étonnement, l'embarras de son ami. C'était la première fois depuis qu'ils se connaissaient — c'est-à-dire depuis leurs années d'école —, qu'il le sentait gêné avec lui.

— Eh bien, Hugo, que se passe-t-il ?

Hugo eut l'air de ne pas trouver ses mots pour exprimer sa pensée. Puis il se lança :

— J'ai ma petite idée, naturellement, sur les raisons qui vous ont décidés, ta mère et toi, à donner un bal en ce moment. Et je crois savoir pourquoi ces jeunes filles ont été invitées.

— J'espère que tu sais aussi que George Wallington a menacé de me tuer !

— Et connaissant Wallington, nous savons tous qu'il en est capable ! (Hugo réfléchit avant de continuer :) Je me demandais si tu avais pris ta décision, si tu avais choisi laquelle de ces trois jeunes filles serait ta femme.

Le duc haussa les sourcils :

— Et en quoi cela te concerne-t-il ?

— Eh bien, je vais te le dire. Mon cher Kenyon, tu sais aussi bien que moi que ni Beryl, ni Deborah n'auront le droit de refuser un duc.

— Et je crois avoir noté que Deborah ne te laissait pas indifférent.

Hugo fit quelques pas dans la pièce avant de répondre :

— Je ne suis pas duc, c'est vrai. Mais à la mort de mon père, je deviendrai pair et ma mère qui est américaine possède, comme tu le sais, une fortune considérable. Si tu n'es pas dans la course, je suis sûr que Fernhust m'accueillera à bras ouverts.

Le duc rit de bon cœur.

— Dans ce cas, mon cher Hugo, je te présente mes plus chaleureuses félicitations !

— C'est vrai ? Tu ne te moques pas de moi ? demanda Hugo d'un ton inquiet.

— Nous nous connaissons depuis si longtemps, je crois que tu devinerais tout de suite si je te mentais.

Le duc n'avait jamais vu Hugo aussi radieux.

— Kenyon, tu ne vas peut-être pas me croire, déclara celui-ci, mais cette fois-ci, je suis vrai-

ment amoureux. Je pensais que cela ne m'arrive-
rait jamais. Eh bien, si !

— J'en suis ravi ! Il faudra que tu me dises ce
que tu veux comme cadeau de mariage.

— N'importe quoi, du moment que cela coûte
très cher ! plaisanta Hugo.

Sous prétexte qu'ils seraient en retard au dîner
s'ils ne se hâtaient pas de se préparer, le duc ne
laissa pas le temps à son ami de lui demander s'il
pensait donc épouser lady Beryl. Pendant qu'il
s'habillait, il songea avec amusement que s'il y
avait une seule personne que l'annonce de ses
fiançailles comblerait d'aise, c'était bien lady
Beryl. Il avait appris par sa mère qu'elle était fort
éprise ailleurs. Il se dit que c'était le destin, ou la
bonne fée qui s'était penchée sur son berceau,
qui étaient intervenus pour lui éviter d'épouser
une jeune fille qui n'en aurait voulu qu'à son
titre. Il avait rencontré celle qui comblait son
cœur, comme il comblait le sien.

Yseulta avait l'impression d'évoluer dans un
monde éblouissant de lumière.

« Je l'aime ! Je l'aime ! » se disait-elle en prenant son bain avant d'aller dîner. « Je l'aime ! »
se disait-elle pendant que sa femme de chambre
l'aidait à enfiler la jolie robe que la couturière
avait retouchée pour elle. « Je l'aime ! »

Dans le couloir qui menait au salon où il l'attendait, ses pieds touchaient à peine le sol, tellement elle était impatiente de le revoir.

Il était superbe dans son habit de soirée, un
costume sombre sur une chemise à jabot. D'autres invités étaient présents, mais ils n'avaient

d'yeux que l'un pour l'autre et leur regard disait : « Je t'aime ! Je t'aime ! »

Le dîner surpassa en délices et en somptuosité les repas précédents. Selon la tradition, les cornemuseurs tournaient autour de la table en jouant, Yseulta avait l'impression que chaque note était une ode au bonheur qui l'inondait. C'était sa patrie, comme c'était la patrie du duc. Elle lui appartenait. Désormais, elle pourrait y vivre, jouir de sa splendeur comme elle l'avait toujours désiré.

Après le dîner, tout le monde se rendit au salon pour bavarder. Au bout d'un moment, la duchesse se leva et annonça :

— Mes amis, une longue nuit nous attend demain, alors ce soir, je vous envoie au lit de bonne heure.

Les hommes émirent des protestations enjouées, mais la duchesse resta inflexible. Les jeunes filles lui souhaitèrent une bonne nuit. Quant à ses amis plus âgés, après la rude journée qu'ils avaient passée au bord de la rivière, ils ne furent que trop contents d'aller se coucher.

Tout le monde quitta le salon, excepté Yseulta et le duc que la duchesse retint.

— J'ai quelque chose à vous dire. Je pense que ce sont de bonnes nouvelles.

Yseulta la regarda, un peu inquiète. Le duc, craignant qu'elle ne s'affole, posa son bras sur ses épaules.

— Eh bien, mère, de quoi s'agit-il ?

— Aujourd'hui, j'ai rencontré sir John Sinclair qui est, tu le sais, Kenyon, le sixième baronnet et le chef de clan des Sinclair dans le comté de Caithness.

Le duc écoutait sa mère avec un intérêt croissant.

— Sir John, continua celle-ci, habite le château de Dunbeath, non loin d'ici. Je suis allée lui rendre visite cet après-midi. (Elle se tourna vers Yseulta.) Il s'est montré enchanté d'apprendre que sa cousine allait épouser mon fils. Demain soir, c'est lui qui annoncera vos fiançailles pendant le bal.

— Cela ne l'ennuie pas ? demanda Yseulta d'une voix à peine audible.

— Au contraire ! Il était très honoré que je le lui demande, la rassura la duchesse. Et il ne sait rien, vous m'entendez, il ne sait rien de ce qui est arrivé à votre père. D'ailleurs, je pense que dans cette partie de l'Ecosse, tout le monde ignore cette tragique histoire.

Yseulta tendit la main pour prendre celle du duc qui se referma sur la sienne.

— Maintenant je vais vous dire ce que les Ecossais sauront de vous, déclara la duchesse d'un ton posé. Votre grand-père maternel était le cinquième baronnet, il est mort en 1842, il descendait en ligne directe, comme tous les Sinclair, des comtes de Caithness.

Elle fit une pause avant de continuer :

— Personne n'est plus respecté que sir John. Quand il annoncera vos fiançailles, il vous présentera comme la petite-fille du cinquième baronnet, et la petite-fille du deuxième marquis de Derroncorde dans la lignée paternelle.

Elle adressa un sourire à Yseulta avant de conclure :

— Par conséquent, il n'a pas été nécessaire de mentionner le nom de votre oncle dans l'annonce des fiançailles que j'ai envoyée aux journaux.

Yseulta regarda le duc, les larmes aux yeux.

— Mère, dit celui-ci, vous êtes la plus astucieuse des femmes ! J'aurais dû savoir que vous franchiriez le dernier obstacle avec grand style !

La duchesse rit.

— Il y en a encore un, pourtant, qu'il faudra franchir avant votre mariage qui aura lieu samedi prochain. Nous devons fournir un trousseau à la fiancée. (Elle sourit à Yseulta.) Alors je me suis arrangée pour qu'on aille à Inverness par votre train privé qui est parti cet après-midi, acheter toutes les plus belles robes disponibles.

Avec un cri de joie, le duc alla planter un baiser sur la joue de sa mère.

— Mère, s'exclama-t-il, vous êtes un génie !

— Non, votre mère est la bonne fée dont nous avions besoin pour que notre conte existe ! murmura Yseulta, le visage baigné de larmes de bonheur.

La duchesse s'éclipsa, laissant à son fils le soin de sécher les pleurs d'Yseulta.

Quand ils furent seuls, le duc enlaça la jeune fille.

— Si vous pleurez, lui dit-il, je vais penser que c'est parce que vous êtes déjà lasse de moi.

— Comment pourrais-je me lasser un jour d'un homme aussi merveilleux ?

— Voilà exactement la réponse que j'attendais ! plaisanta le duc. Maintenant, je vous demande de ne rien y changer pendant, disons... une bonne soixantaine d'années !

Il l'embrassa avec fougue. Enlacés, ils s'engagèrent dans le couloir qui menait à la chambre d'Yseulta. Le duc ouvrit la porte. Un feu brûlait dans l'âtre, un chandelier à trois branches éclairait la tête du lit à baldaquin.

Le duc plongea son regard dans celui d'Yseulta.

— Mon amour, dit-il, vous êtes ma femme, mais si vous me demandez d'attendre que nous soyons mariés devant Dieu, j'attendrai.

Yseulta passa les bras autour du cou de son mari.

— Je suis vôtre, tout entière, murmura-t-elle. Je ne désire que votre amour.

— J'espérais que vous diriez cela...

Le duc embrassa doucement Yseulta, puis sortit en refermant la porte derrière lui.

Yseulta se déshabilla et, avant de se glisser dans le lit, alla tirer les rideaux de la fenêtre pour contempler la nuit. Les étoiles scintillaient et la lumière de la lune sculptait le mouvement des vagues. Yseulta songea que si tout s'était déroulé comme elle l'avait voulu, elle devrait être morte au lieu d'être à l'aube d'une vie nouvelle. Une vie emplie d'amour et de bonheur, ce qu'elle n'avait plus connu depuis la mort de sa mère.

— Merci mon Dieu, murmura-t-elle avec ferveur. Merci... merci...

Elle eut une pensée pour son père. Elle l'imagina qui lui souriait et la félicitait joyeusement d'avoir contre toute attente gagné la course au droit de vivre. Yseulta quitta la fenêtre et alla s'étendre sur le lit, le cœur battant.

Le feu crépitait dans la cheminée, la pièce était baignée d'une douce lueur.

Le duc entra.

Intimidée, Yseulta resta immobile. Il s'approcha du lit et elle lui tendit les mains. Il les prit dans les siennes et s'assit auprès d'elle.

— Mon amour, vous êtes parfaite ! Je ne voudrais rien faire qui heurte vos sentiments. Peut-être préférez-vous attendre, réfléchir encore à notre mariage avant que je ne fasse de vous ma femme...

— Non, rien de ce qui vient de vous ne pourra jamais me blesser. Vous êtes merveilleux, je vous aime, et l'amour est un don de Dieu. Comment pourrais-je le refuser ?

Le duc sourit.

— C'est une réponse que vous seule pouviez donner, mon amour.

Il s'allongea à côté d'elle et l'enlaça. Mais il ne l'embrassa pas tout de suite. Il regardait la lumière du feu jouer dans ses cheveux, il regardait ses grands yeux d'où avait disparu toute peur. Ils exprimaient un amour bien différent de celui qu'il avait lu dans les yeux d'autres femmes. Yseulta ne cherchait pas à l'emprisonner pour le garder, elle voulait son bonheur, le protéger des blessures de la vie. Elle ne pensait pas à elle, elle pensait à lui. Il la revit tenant le bébé dans ses bras, elle aimerait et protégerait aussi leurs enfants, il le savait. Tant qu'ils vivraient ensemble, ils seraient partout chez eux, que ce soit dans un château ou dans une chaumière.

Intriguée par son silence prolongé, Yseulta demanda :

— Je vous déçois ?

Le duc eut un rire joyeux.

— Vous croyez donc cela possible ? Moi qui justement me perdais à compter vos perfections. Vous êtes un ange, vous êtes différente de toutes les autres femmes. Et moi, je suis l'homme le plus heureux du monde !

— Oh, mon amour ! Je vous en prie, apprenez-moi à vous aimer comme vous voulez être aimé, à être la femme que vous désirez, toujours...

— Vous êtes la femme de mes rêves, celle que j'attendais sans le savoir ! répondit le duc d'une voix soudain plus grave.

Il la serra plus fort contre lui et l'embrassa avec passion. Les étoiles scintillèrent dans leurs yeux, dans leur âme.

La lune inondait la mer et la lande de sa pâle clarté. Dehors tout était tranquille.

Toute la beauté de l'Ecosse ensorcelait leurs baisers.

— Je t'aime... je t'aime..., disait Yseulta.

Des centaines, des milliers de fois cette nuit-là, il lui dit les mêmes mots.

Au loin, résonna le chant nostalgique des cornemuses, apporté par le vent.

Leur âme appartenait à l'Ecosse, pour l'éternité.

Barbara Cartland

Actuellement disponible,
une offre spéciale à ne pas manquer :
2 romans rassemblés en un seul volume
pour 27 FF seulement

C'est pour vous, chère lectrice, l'occasion de découvrir ou redécouvrir quatre titres aujourd'hui introuvables de votre auteur préféré.

Volume 1 : n° 4693 - 27 FF

Un amour en danger

Dès son arrivée en Inde en 1832, la jolie Brucena est envoûtée par ce pays sauvage et mystérieux. Mais une secte redoutable, les Thugs, menace son bonheur en prenant pour cible Iain, l'homme qu'elle aime...

La princesse oubliée

1855 : Constantinople. Là se dresse le harem du sultan, véritable prison dorée pour la belle Yamina. Seul peut la sauver le séduisant diplomate anglais qu'elle a rencontré dans le bazar...

Volume 2 : n° 4694 - 27 FF

Un amour sans fortune

Perdican saura-t-il découvrir à temps celle qui lui est destinée ? Nella, la petite cousine devenue une ravissante jeune fille, ou Hetty, au regard envoûtant, qui se déclare prête à l'épouser dès qu'il aura fait fortune...?

Les illusions du cœur

A Paris, la jolie Linetta, orpheline et sans ressources, est accueillie par Blanche d'Antigny, une somptueuse demi-mondaine. Mais elle ne peut oublier le marquis de Dartleston auprès duquel elle avait un instant trouvé refuge...

Rendez-vous ce mois-ci
avec un nouveau roman de la collection
Amour et Destin

Retrouvailles mouvementées *(La saison du cœur - 3)*
de Leah Laiman (n° 4667)

La vie réserve bien des surprises, joue avec nos héros de la série de Leah Laiman et n'en finit pas de nous étonner. En réunissant : époux divorcés, ex-fiancés, mari et femme que la mort, croyait-on, avait définitivement séparés, amis perdus...
Tous se retrouvent en un ballet fou dont le chorégraphe est le destin. Ces retrouvailles, parfois gaies, parfois amères, ressuscitent souvenirs et regrets, tendresse que l'on croyait éteinte, espoirs auxquels on avait renoncé. Sam, Drew, Mélinda, Garth, Diego, Sarah, Ian, Daisy... Ils se retrouvent, se reconnaissent, s'étreignent et se sépareront peut-être à nouveau, car le destin n'a pas fini de jouer avec eux...

Épisodes précédents :
1 - *Jeune fille au pair* (n° 4396)
2 - *Les caprices de Mélinda* (n° 4565)

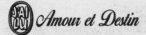 *Amour et Destin*

Quand l'amour donne aux femmes le choix de leur destin

Ce mois-ci,
découvrez également un nouveau roman
de la collection

Aventures et Passions

Initiation amoureuse
d'Elizabeth Lowell (n°4668)

Utah, 1868. Sarah vit seule avec son jeune frère sur le ranch que lui a laissé son vieux mari odieux. Celui-ci aurait aussi caché quelque part dans la vallée un trésor, qui attire les convoitises d'une bande de brigands, les Culpepper. Arrive Case Maxwell venu tuer les Culpepper pour venger la mort de sa famille. Case accepte d'aider la jolie Sarah à retrouver le trésor caché...

4666

Composition Nord Compo
Achevé d'imprimer en Europe (France)
par Brodard et Taupin à La Flèche (Sarthe)
le 27 novembre 1997. 1283T-5
Dépôt légal nov. 1997. ISBN 2-290-04666-3
Éditions J'ai lu
84, rue de Grenelle, 75007 Paris
Diffusion France et étranger : Flammarion